（唐）白居易 撰

宋本白氏文集

第三册

國家圖書館出版社

第三册目録

卷一五　律詩三

卷一六　律詩四

卷一七　律詩五

卷一八　律詩六

卷一九 律詩七

卷二〇　律詩八

白氏文集卷第十五

律詩 五言七言自兩韻至一百韻 凡一百首

渭村退居寄禮部崔侍郎翰林錢舍人詩一百韻

聖代元和歲閑居渭水陽不才甘命舛多幸遇時康朝野分
倫序賢愚定否臧重文疎上式尚少棄馮唐由是推天運從
兹樂性場籠禽放高着羽霧豹得深藏世慮休相擾身謀且
自强猶須務衣食未免事農桑薙草通三徑開田占一坊晝扉
扃白版夜碓掃黃粱隙地治場圃閑時糞土疆枳籬編刺夾
薤壟擘科秧穡力嫌身病農心願歲穰朝衣典杯酒佩劍
博牛羊困倚栽松鍤飢提採蕨筐引泉來後澗移竹下前岡
生計雖勤苦家貧甚渺茫塵埃常滿甑錢帛少盈囊弟
病仍扶杖妻愁不出房傳衣念藍縷舉案笑糟糠犬吠村胥
鬧蟬鳴織婦忙納租看縣帖輸粟問軍倉夕歇攀村樹秋

行繞野塘雲容陰慘澹月色冷悠揚蕎麥鋪花白棠梨鬧
萊黃早寒風槭槭新霽月蒼蒼園艾迎霜死庭蕪過雨
蒜篧簷空愁宿鷺壁闇思啼螿眼爲看書損肱因運甓傷
病骸渾似木老鬢欲成霜少睡知年長端憂覺夜長舊遊
多廢忘往事偶思量忽憶煙霄路常陪劒履行登朝思斂束
入閤學趨蹌命偶風雲會恩覃雨露霶沾枯發枝葉磨鈍
起鋒鋩崔閤連鑣鶩⿱戔鳥凡接翼異翔齊筭混韶夏燕石廁琳琅
同日升金馬分宵直未央共詞加寵命合表謝恩光既馬驕初
跨天廚味始嘗朝晡須餅餌寒暑賜衣裳對秉鵝毛筆俱含
雞舌香青縑衾薄絮朱裏幕高張晝食恒連案宵眠
每並牀差肩承詔旨連署者進封章起草偏同視疑文最共
詳緘私容點竄亂竊理析毫芒便共輸肝膽何曾異肺腸慎微
參石奮決密與張湯禁闥青交瑣宮垣紫界牆井欄排

菡萏簷瓦鬬鴛鴦樓額題鳷鵲池心浴鳳凰風枝萬年
動溫樹四時芳宿露凝金掌晨暉上壁璫砌筠塗綠粉庭
果滴紅漿曉從朝興慶春陪宴栢粱傳呼鞭索索拜舞
珮鏘鏘仙仗環雙闕神兵闢兩廂火飜紅尾旆冰卓皁竿槍
滉瀁經魚藻深沉近浴堂分庭皆命婦對院即儲皇貴主
冠浮動親王轡鬧裝金鈿相照耀朱紫間熒煌毬蔟桃花
騎歌巡竹葉觴窪去銀中貴帶昂黛內人粧賜禊東城下
頒酺曲水傍樽罍分聖酒妓樂借仙倡淺酌看紅蘂徐吟把
綠楊宴迴過御陌行歇入僧房白鹿原東脚青龍寺北廊
望春花景暖避暑竹風涼下直閑如社尋芳醉似狂有時還後
到無處不相將雞鶴初雖雜蕭蘭久乃彰來燕隗貴重去魯覺孔
悽惶聚散期難定飛沉勢不常五年同晝夜一別似參商肯折
孤生竹銷摧百鍊剛途窮任憔悴道在肯悽惶尚念遺簪

折仍憐病雀瘡䘓寒兮賜帛救餒減餘粮藥物來盈囊書題寄滿箱朌勤翰林主珍重禮闈郎呴沫誠多謝摶扶豈所望提攜勞氣力吹皺不飛揚拙劣才何用龍鍾分自當粧嫫徒費黛磨甋詎成璋智隱將時背名與道妨外身宗老氏齊物學蒙莊踈放追千慮愚蒙守一方樂天無慾歎倚命不困勸憤懣胷須豁交加臂莫攘珠沉猶是寶金躍未為祥泥尾休搖掉灰心罷激昂漸閑親道友因病事醫王息亂歸禪定存神入坐忘斷癡求慧劒濟苦得慈航不動為吾志無何是我鄉可憐身與世從此兩相忘

訓盧秘書二十韻 時初奉詔除贊善大夫

謬歷文場選慙非翰苑才雲霄高躡足致毛羽弱先摧識分忘軒[illegible]矣歸返草萊杜陵書積蠹豐獄劒生苔晦厭鳴雞雨春驚震蟄雷舊恩收墜履新律動寒灰鳳詔容徐起鵷

行許重陪褰顔雖拂拭蹇步尚低徊睡少鐘偏敬言行遲漏苦
催風霜趁朝去泥雪拜陵迴上感君猶念傍勲友或推石頑
鐫費力女醜嫁勞媒倏忽青春度奔波白日穨性將時共
背病與老俱來聞有蓬壺客知懷杞梓材世家標甲地官職
滯麟臺筆盡鉛黃點詩成錦繡堆嘗思豁雲霧忽喜訪塵
埃心爲論文合眉因勸善開不勝珍重意滿袖爲瓊瑰

題盧祕書夏日新栽竹二十韻

湘竹初封植盧生此考槃久持霜節苦新託露根難等度
須當砌疎稠要滿欄買憐分薄俸栽稱作閑官萊翦藍羅
碎莖抽玉琯端幾聲清淅瀝一蔟綠檀欒未夜青嵐入先秋
白露團拂肩搖翡翠熨手弄琅玕韻透窻風起陰鋪砌月
殘炎天鬪覺冷窄地見疑寛梢動勝搖扇枝低好挂冠碧籠
煙羃羃珠灑雨珊珊晚籜擇晴雲展陰牙蟄虺蟠愛從抽馬

策惜未截魚竿松韻徒煩聽桃夭不足觀梁懃當家杏臺陋本
司蘭古詩云盧家蘭室杏爲梁又秘書府即蘭臺也撑撥詩人興句牽酒客歡靜連蘆
簟滑涼拂葛衣單豈止消時暑應能保歲寒莫同凡草木
一種夏中看

渭村詶李二十見寄

百里音書何太遲暮秋把得暮春詩柳條綠日君相憶梨葉
紅時我始知莫歎學官貧冷落猶勝村客病支離形容意緒
遥看取不似華陽觀裏時

初授賛善大夫早朝寄李二十助教

病身初謁青宮日衰貌新垂白髮年寂寞曹司非熟地蕭條風
雪是寒天遠坊早起常侵鼓瘦馬行遲苦費鞭一種共君官
職冷不如猶得日高眠

欲與元八卜鄰先有是贈

平生心迹最相親欲隱牆東不爲身明月好同三徑夜綠楊宜作兩家春每因暫出猶思伴豈得安居不擇鄰可獨終身數相見子孫長作隔牆人

遊城南留元九李二十晚歸

老遊春飲莫相違不獨花稀人亦稀更勸殘盃看日影猶應趂得鼓聲歸

廣宣上人以應制詩見示因以贈之詔許上人居安國寺紅樓院以詩供奉

道林談論惠休詩一到人天便作師香積筵承紫泥詔昭陽歌唱碧雲詞紅樓許住請平銀鑰翠輦陪行蹋玉墀惆悵甘泉曾侍從與君前後不同時

重過祕書舊房因題長句時爲贊善大夫

閣前下馬思徘徊第二房門手自開昔爲白面書郎去今作

蒼鬚賛善來吏人不識多新補松竹相親是舊栽應有題
墻名姓在試將衫袖拂塵埃

重到城見元九七絕句

容貌一日減一日心情十分無九分每逢陌路猶嗟歎何況今
朝是見君

高相宅

青苔故里懷恩地白髮新生抱病身涕淚雖多無哭處永
寧門館屬他人

張十八

諫垣幾見遷遺補憲府頻聞轉殿監獨有詠詩張太祝十
年不改舊官銜

劉家花

劉家墻上花還發李十門前草又春處處傷心心始悟多情

不及少情人

裴五

莫怪相逢無笑語感今思舊戟門前張家伯仲偏相似每見
清揚一惆然

仇家酒

年年老去歡情少處處春來感事深時到仇家非愛酒醉
時心勝醒時心

恒寂師

舊遊分散人零落如此傷心事幾條會逐禪師坐禪去一時
滅盡定中消

靖安北街贈李二十

榆莢拋錢柳展眉兩人並馬語行遲還似往年安福寺共君
私試却迴時

重傷小女子

學人言語憑牀行嫩似花房脆似瓊纔知恩愛迎三歲未辯東西過一生汝異下殤應殺禮吾非上聖詎忘情傷心自歎鳩巢拙長隨春雛養不成

過顏處士墓

向墳道徑沒荒榛滿室詩書積闇塵厚夜肯教黃壤曉悲風不許白楊春簞瓢顏子生仍促布被黔婁死更貧未會悠悠上天意惜將富壽與何人

題周皓大夫新亭子二十二韻

東道常爲主南亭別待賓規模何日創景致一時新廣砌羅紅藥疎窗蔭綠筠鏁開賓閤曉梯上妓樓春置醴寧三爵加籩過八珍茶香飄紫筍膾縷落紅鱗輝赫車輿鬧珍奇鳥獸馴獼猴看櫪馬鸚鵡喚家人錦額簾高卷銀花盞慢巡

勸嘗光祿酒許看洛川神周兼光祿卿有家妓數十人斂翠凝歌黛流香
動舞巾裙飄繡鸂鶒椀陷鈿麒麟笛怨音含楚箏嬌語帶秦
侍兒催畫燭醉客吐文茵投轄多連夜鳴珂便達晨入朝紆紫
綬待漏擁朱輪貴介交三事光榮照四鄰甘濃將奉客穩煖
不緣身十載歌鐘地三朝節鉞臣愛才心倜儻敦舊禮殷勤門
以招賢盛家因好事貧始知豪傑意富貴爲交親

賦得聽邊鴻

驚風吹起塞鴻群半拂平沙半入雲爲問昭君月下聽何如
蘇武雪中聞

見楊弘貞詩賦因題絕句以自諭

賦句詩章妙入神未年三十即無身常嗟薄命形顦顇若比
弘貞是幸人

病中早春

今朝枕上覺頭輕强起堦前試脚行羶膩斷來無氣力風痰
惱得少心情暖銷霜瓦津初合寒減冰渠凍不成唯有愁人鬢
間雪不隨春盡逐春生

送人貶信州判官

地僻山深古上饒土風貧薄道程遥不唯遷客須恓屑見說
居人也寂寥溪畔毒砂藏水弩城頭枯樹下山魈若於此郡為
卑吏刺史廳前又折腰

曲江醉後贈諸親故

郭東丘墓何年客江畔風光幾日春只合殷勤逐盃酒不須
疎索向交親中天或有長生藥下界應無不死人除却醉來
開口笑世間何事更關身

和元八侍御升平新居四絶句 時方与元八卜鄰

看花屋

忽驚映樹新開屋却似當簷故種花可惜年年紅似火今春始得屬元家

累土山

堆土漸高山意出終南移入戶庭間玉峯藍水應惆悵恐見新山忘舊山元舊居在藍田山

高亭

亭脊太高君莫坼東家留取當西山好看落日斜銜處一片春嵐映半環

松樹

白金換得青松樹君既先栽我不栽幸有西風易憑仗夜深偷送好聲來

醉後却寄元九

蒲池村裏怱怱別澧水橋邊兀兀迴行到城門殘酒醒萬重

離恨一時來

重寄

蕭散弓驚鴈分飛劒化龍悠悠天地内不死會相逢

李十一舍人松園飲小酎酒得元八侍御詩序云在臺中推院有鞠獄之苦即事書懷因酬四韻

愛酒舍人開小酌能文御史寄新詩乱松園裏醉相憶古栢廳前忙不知早夏我當逃暑日晚衙君是慮囚時唯應清夜無公事新草亭中好一期（元於升平宅新立草亭）

重到華陽觀舊居

憶昔初年三十二當時秋思已難堪若為重入華陽院病驥愁心四十三

荅勸酒

莫怪近來都不飲幾迴因醉却沾巾誰料平生狂酒客如

今變作酒悲人

題王侍御池亭

朱門深鏁春池滿岸落薔薇水浸莎畢竟林塘誰是主主人來少客來多

聽水部吳員外新詩因贈絶句

朱紱仙郎白雪歌和人雖少愛人多明朝與向詩家道水部如今又姓何

雨夜憶元九

天陰一日便堪愁何況連宵雨不休一種雨中君最苦偏梁閤道向通州

雨中攜元九詩訪元八侍御

微之詩卷憶同開假日多應不入臺好句無人堪共詠衝泥蹋水就君來

贈楊秘書巨源 楊嘗有贈盧洺州詩云三刀夢益州一箭取遼城由是知名

早聞一箭取遼城相識雖新有故情清句三朝誰是敵白鬚
四海半爲兄貧家薙草時時入瘦馬尋花處處行不用更
教詩過好折君官職是聲名

和武相公感韋令公舊池孔雀 同用深字

索寞少顏色池邊無主禽難收帶泥翅易結著人心頂毛毳落
殘碧尾花銷闇金放歸飛不得雲海故巢深

寄生衣與微之因題封上

淺色縠衫輕似霧紡花紗袴薄於雲莫嫌輕薄但知著猶
恐通州熱殺君

白牡丹

白花冷澹無人愛亦占芳名道牡丹應似東宮白贊善被人
還喚作朝官

夢舊

別來老大苦修道鍊得離心成死灰平生憶念消磨盡昨夜因何入夢來

戲題盧祕書新移薔薇

風動翠條腰嫋娜露垂紅萼淚闌干移他到此須爲主不別花人莫使看

曲江夜歸聞元八見訪

自入臺來見面稀班中遙得揖容輝早知相憶來相訪悔待江頭明月歸

苦熱題恒寂師禪室

人人避暑走如狂獨有禪師不出房可是禪房無熱到但能心靜即身涼

微之到通州日授館未安見塵壁間有數行字

讀之即僕舊詩其落句云淥水紅蓮一朶開千花百草無顏色然不知題者何人也微之吟歎不足因綴一章兼錄僕詩本同寄省其詩乃是十五年前初及第時贈長安妓人阿軟絶句緬思往事杳若夢中懷舊感今因酬長句

十五年前似夢遊曾將詩句結風流偶助笑歌嘲阿軟可知傳誦到通州昔教紅袖佳人唱今遣青衫司馬愁惆悵又聞題處所雨淋江館破牆頭

得微之到官後書備知通州之事悵然有感因成四章

來書子細說通州州在山根峽岸頭四面千重火雲合中心一道瘴江流蟲蛇白晝攔官道蚊蟆黃昏撲郡樓何罪遣君居此地天高無處問來由

匼匝巔山萬仞餘人家應似甑中居寅年籬下多逢虎亥日沙頭始賣魚衣斑梅雨長須熨米澁畬田不解鉏努力安心過三考已曾愁殺李尚書李實尚書先貶此州身没於彼處

人稀地僻醫巫少夏旱秋霖瘴瘧多老去一身須愛惜别來四體得如何侏儒飽笑東方朔薏苡讒憂馬伏波莫遣沈愁結成病時時一唱濯纓歌

通州海内恓惶地司馬人間冗長去官傷鳥有弦驚不定卧龍無水動應難劒埋獄底誰深掘松偃霜中盡冷看舉目爭能不惆悵高車大馬滿長安

病中荅招飲者

顧我鏡中悲白髮盡上津君花下醉青春不緣眼痛兼身病可是樽前第二人

鷰子樓三首并序

徐州故張尚書有愛妓曰眄眄善歌舞雅多風態予爲校書郎時遊徐泗間張尚書宴予酒酣出眄眄以佐歡歡甚予因贈詩云醉嬌勝不得風嫋牡丹花一歡而去邇後絕不相聞迨兹僅一紀矣昨日司勳員外郎張仲素繢之訪予因吟新詩有鷰子樓三首詞甚婉麗詰其由爲眄眄作也繢之從事武寧軍累年頗知眄眄始末云尚書既歿歸葬東洛而彭城有張氏舊第第中有小樓名鷰子眄眄念舊愛而不嫁居是樓十餘年幽獨塊然于今尚在予愛繢之新詠感彭城舊遊因同其題作三絕句

滿窻明月滿簾霜被冷燈殘拂卧牀鷰子樓中霜月夜秋來只爲一人長

鈿暈羅衫色似煙幾迴欲著即潸然自從不舞霓裳曲疊在空箱十一年

今春有客洛陽迴曾到尚書墓上來見說白楊堪作柱爭教
紅粉不成灰

初貶官過望秦嶺自此後詩江州路上作

草草辭家憂後事遲遲去國問前途望秦嶺上迴頭立無
限秋風吹白鬚

藍橋驛見元九詩詩中云江陵歸時逢春雪

藍橋春雪君歸日秦嶺秋風我去時每到驛亭先下馬循
牆遶柱覓君詩

韓公堆寄元九

韓公堆北澗西頭冷雨涼風拂面秋努力南行少惆悵江州
猶似勝通州

發商州

商州館裏停三日待得妻孥相逐行若比李三猶自勝兒啼

婦哭不聞聲時李固言新殁

武關南見元九題山石榴花見寄

往來同路不同時前後相思兩不知行過關門三四里榴花不見見君詩

紅鸚鵡商山路逢

安南遠進紅鸚鵡色似桃花語似人文章辯慧皆如此籠檻何年出得身

題四皓廟

卧逃秦亂起安劉舒卷如雲得自由若有精靈應笑我不成一事謫江州

罷藥

自學坐禪休服藥從他時復病沉沉此身不要全强健强健多生人我心

白鷺

人生四十未全衰我爲愁多白髮垂何故水邊雙白鷺無愁頭上亦垂絲

襄陽舟夜

下馬襄陽郭移舟漢陰驛秋風截江起寒浪連天白本是多愁人復此風波夕

江夜舟行

煙澹月濛濛舟行夜色中江鋪滿槽水帆展半檣風叫曙嗷嗷鳫啼秋唧唧蟲只應催北客早作白鬚翁

紅藤杖

交親過滻别車馬到江迴唯有紅藤杖相隨萬里來

江上吟元八絶句

大江深處月明時一夜吟君小律詩應有水仙潛出聽翻將

唱作步虛詞

途中感秋

節物行摇落年顔坐變衰樹初黄葉日人欲白頭時鄉國程程遠親朋處處辭唯殘病與老一步不相離

登郢州白雪樓

白雪樓中一望鄉青山簇簇水茫茫朝來渡口逢京使説道煙塵近洛陽（時淮西寇未平）

舟夜贈内

三聲猿後垂鄉淚一葉舟中載病身莫凭水窗南北望月明月闇揔愁人

逢舊

我梳白髮添新恨君掃青蛾減舊容應被傍人怪惆悵少年離別老相逢

日口阻風十日

洪濤白浪塞江津處處邅迴事事迍世上方爲失途客江頭
又作阻風人魚鰕遇雨腥盈鼻蚊蚋和煙癢滿身老大光陰
能幾日等閑日口坐經旬

浦中夜泊

闇上江隄還獨立水風霜氣夜稜稜迴看深浦停舟處蘆
荻花中一點燈

盧侍御與崔評事爲予於黃鶴樓致宴宴罷
同望

江邊黃鶴古時樓勞致華筵待我遊楚思淼茫雲水冷商
聲清脆管絃秋白花浪濺頭陀寺紅葉林籠鸚鵡洲總是
平生未行處醉來堪賞醒堪愁

舟中讀元九詩

把君詩卷燈前讀詩盡燈殘天未明眼痛滅燈猶闇坐逆
風吹浪打船聲

舟行阻風寄李十一舍人

扁舟厭泊煙波上輕策閑尋浦嶼間虎蹋青泥稠似印風
吹白浪大於山且愁江郡何時到敢望京都幾歲還今日料
君朝退後迎寒新酎煖開顏李十一好小酎酒故云

雨中題衰柳

濕屈青條折寒飄黃葉多不知秋雨意更遣欲如何

題王處士郊居

半依雲渚半依山愛此令人不欲還負郭田園八九頃向陽茅
屋兩三間寒松縱老風標在野鶴雖飢飲啄閑一卧江村
來早晚著書盈帙鬢毛斑

歲晚旅望

朝來暮去星霜換陰慘陽舒氣序牽萬物秋霜能壞色四時冬日最凋年煙波半露新沙地鳥雀羣飛欲雪天向晚蒼蒼南北望窮陰旅思兩無邊

晏坐閑吟

昔爲京洛聲華客今作江湖老倒翁意氣銷磨羣動裏形骸變化百年中霜侵殘鬢無多黑酒伴衰顏只暫紅賴學禪門非想定千愁萬念一時空

題李山人

厨無煙火室無妻籬落蕭條屋舍低每日將何療飢渴井華雲粉一刀圭

讀莊子

去國辭家謫異方中心自怪少憂傷爲尋莊子知歸處認得無何是本鄉

江樓偶宴贈同座

南浦閑行罷西樓小宴時望湖凭檻久待月放盃遲江果嘗盧橘山歌聽竹枝相逢且同樂何必舊新知

放言五首 并序

元九在江陵時有放言長句詩五首韻高而體律意古而詞新予每詠之甚覺有味雖前輩深於詩者未有此作唯李頎有云濟水至清河自濁周公大聖接輿狂斯句近之矣予出佐潯陽未屆所任舟中多暇江上獨吟因綴五篇以續其意耳

朝眞暮僞何人辨古往今來底事無但愛臧生能詐聖可知甯子解佯愚草螢有耀終非火荷露雖團豈是珠不取燔柴兼照乘可憐光彩亦何殊

世途倚伏都無定塵網牽纏卒未休禍福迴還車轉轂榮枯反覆手藏鉤龜靈未免刳腸患馬失應無折足憂不信

君看奕棊者輸贏須待局終頭

贈君一法決狐疑不用鑽龜與祝蓍試玉要燒三日滿眞玉燒三日不熱辨材須待七年期豫章木生七年而後知周公恐懼流言後王莽謙恭未篡時向使當初身便死一生眞僞復誰知

誰家第宅成還破何處親賓哭復歌昨日屋頭堪炙手今朝門外好張羅北邙未省留閑地東海何曾有定波莫笑賤貧誇富貴共成枯骨兩如何

泰山不要欺毫末顏子無心羨老彭松樹千年終是朽槿花一日自爲榮何須戀世常憂死亦莫嫌身漫厭生生去死來都是幻幻人哀樂繫何情

歲暮道情 二首

壯日苦曾驚歲月長年都不惜光陰爲學空門平等法先齊老少死生心

半故青衫半白頭雪風吹面上江樓禪功自見無人覺合是愁時亦不愁

讀李杜詩集因題卷後

翰林江左日員外劍南時不得高官職仍逢苦亂離暮年逋客恨浮世謫仙悲吟詠流千古聲名動四夷文場供秀句樂府待新辭天意君須會人間要好詩賀監知章目李白爲謫仙人

強酒

若不坐禪銷妄想即須行醉放狂歌不然秋月春風夜爭那閑思往事何

獨樹浦雨夜寄李六郎中

忽憶兩家同里巷何曾一處不追隨閑遊預筭分朝日靜話多同待漏時花下放狂衝黑飲燈前起坐徹明棊可知風雨孤舟夜蘆葦叢中作此詩

聽崔七妓人箏

花臉雲鬟坐玉樓十三絃裏一時愁憑君向道休彈去白盡
江州司馬頭

望江州

江迴望見雙華表知是潯陽西郭門猶去孤舟三四里水煙
沙雨欲黃昏

初到江州

潯陽欲到思無窮庾亮樓南湓口東樹木凋踈山雨後人家
低濕水煙中菰蔣餧馬行無力蘆荻編房臥有風遙見朱
輪來出郭相迎勞動使君公

醉後題李馬二妓

行搖雲髻花鈿節應似霓裳趂管絃艷動舞裙渾是火
愁凝歌黛欲生煙有風縱道能迴雪無水何由忽吐蓮疑是兩

般心未决雨中神女月中仙
、盧侍御小妓乞詩座上留贈
鬱金香汗裛歌巾山石榴花染舞裙好似文君還對酒勝於
神女不歸雲夢中那及覺時見宋玉荆王應羨君

白氏文集卷第十五

白氏文集卷第十六

律詩 五言七言自兩韻至一百韻凡一百首

東南行一百韻寄通州元九侍御澧州李十一舍
人果州崔二十二使君開州韋大員外庾三十二補
闕杜十四拾遺李二十助教員外竇七校書
南去經三楚東來過五湖山頭看候館水面問征途地遠窮

江界天低𨺗海隅飄零同落葉浩蕩似乘桴漸覺鄉原
異深知土產殊夷音語嘲哳蠻態笑睢盱水市通闤闠煙村
混舳艫吏徵魚戶稅人納火田租亥日饒蝦蟹寅年足虎貙成
人男作丱事鬼女爲巫樓閣橫猖婦隄喧蔟販夫夜船論鋪
賃春酒斷瓶沽見果多盧橘聞禽悉鷓鴣山歌猿獨叫野
哭鳥相呼嶺徼雲成棧江郊水當郛月橋翹桂鶴風汎颭檣
烏鰲龜礙潮無信蛟驚浪不虞黿鳴泉窟室蜃結氣浮圖樹
裂山魈穴沙含水弩樞喘牛犁紫芋羸馬放青菰繡面
誰家婢鴉頭幾歲奴泥中採菱芡燒後拾樵蘇鼎膩愁
烹鼊盤腥厭膾鱸鐘儀徒戀楚張翰浪思吳氣序涼
還熱光陰且復晡身方逐萍梗年欲近桑榆渭北田園廢
江西歲月徂憶歸恒慘澹懷舊忽踟躕自念咸秦客嘗爲
鄒魯儒蘊藏經國術輕棄度關繻賦力凌鸚鵡詞鋒

敵轆轤戰文重掉鞅射策一彎弧崔杜鞭齊下元韋轡
並驅名聲逼楊馬交分過蕭朱世務經磨揣周行竊覬覦
風雲皆會合雨露各霑濡共偶昇平代偏慚固陋軀承明
連夜直建禮拂晨趨美服頒王府珍羞降御廚議高
通白虎諫切伏青蒲栢殿行陪宴花樓走看酺神旗張鳥
獸天籟動笙竽丸劍星芒耀魚龍電策驅定場排漢旅促
座進吳歈縹緲疑仙樂嬋娟勝畫圖歌鬟低翠羽舞汗墮
紅珠別選閑遊伴潛招小飲徒一盃愁已破三盞氣彌麤軟
美仇家酒幽閑葛氏姝十千方得斗二八正當壚論笑杓胡硉
談憐鞏囁嚅李酣尤短竇庾醉更蔫迂鞍馬呼教住
骰盤喝遣輸長驅波卷白連擲采成盧骰盤卷白波 莫走鞍馬皆當時酒令
籌併頻逃席觥嚴別置盂滿巵那可灌頹玉不勝扶入視中
樞草歸乘內廐駒醉曾衝宰相驕不揖金吾日近恩雖重

雲高勢却孤翻身落霄漢失脚到泥塗博望移門籍潯陽佐郡符予自太子贊善大夫出為江州司馬時情一變寒暑世利筭錙銖即日辭雙闕明朝別九衢播遷分郡國次第出京都十年春微之移佐通州其年秋予出佐潯陽明年冬杓直出牧澧州崔二十二出牧果州韋大牧開州秦嶺馳三驛商山上二邪商山險道中有東西二邪峴陽亭寂寞夏口路崎嶇大道全生棘中丁盡執殳江關未徹警淮寇尚稽誅時淮西未平路經襄鄂二州界所見如此林對東西寺山分大小姑東林西林寺在廬山北大姑小姑在廬山南彭蠡湖中廬峯蓮刻削湓浦帶縈紆蓮花峯在廬山北湓水在江城南何遜詩云湓城對湓水湓水縈如帶九派呑青草潯陽江九派南通青草洞庭湖孤城覆綠蕪南方城壁多以草覆黃昏鍾寂寂清曉角嗚嗚春色辭門柳秋聲到井梧殘芳悲鶗鴂音啼決見楚詞暮節感茱萸蘂坼金英菊花飄雪片蘆波紅日斜沒沙白月平鋪幾見林抽筍頻驚鷰引鶵歲華何倏忽年少不須臾眇默思千古蒼茫想八區孔窮緣底事顏夭有何辜龍智猶經醢龜靈未免刳窮

白氏文集三　六

通應已定聖哲不能逾逥況我身謀拙逢他厄運拘漂流隨大
海鎚鍛任洪爐險阻嘗之矣栖遲命也夫沈冥消意氣窮
餓耗肌膚防瘴和殘藥迎寒補舊襦書牀鳴蟋蟀琴匣網
蜘蛛貧室如懸磬端憂劇守株時遭人指點數被鬼揶揄兀
兀都疑夢昏昏半似愚女驚朝不起妻怪夜長吁萬里拋
朋侶三年隔友于自然悲聚散不是恨榮枯去夏微之瘧今
春席八殂天涯書達否泉下哭知無去年聞元九瘴瘧書去未報今春聞席八殁久與還往能無慟矣
謾寫詩盈卷空盛酒滿壺只添新悵望豈復舊歡娛壯志
因愁減衰容與病俱相逢應不識滿頷白髭鬚

謫居

面瘦頭斑四十四遠謫江州爲郡吏逢時棄置從不才未老衰
羸爲何事火燒寒澗松爲燼霜降春林花委地遭時榮悴
一時間豈是昭昭上天意

初到江州寄翰林張李杜三學士

早攀霄漢上天衢晚落風波委世途雨露施恩無厚薄蓬蒿隨分有榮枯傷禽側翅驚弓箭老婦低顏事舅姑碧落三仙曾識面年深寄得姓名無

庾樓曉望

獨憑朱檻立凌晨山色初明水色新竹霧曉籠銜嶺月蘋風暖送過江春子城陰處猶殘雪衙鼓聲前未有塵三百年來庾樓上曾經多少望鄉人

宿西林寺

木落天晴山翠開愛山騎馬入山來心知不及柴桑令一宿西林便却迴柴桑令劉遺民是也

江樓宴別

樓中別曲催離酌燈下紅裙間綠袍縹緲楚風羅綺薄錚摐

越調管絃高寒流帶月澄如鏡夕吹和霜利似刀樽酒未空歡
未盡舞腰歌袖莫辭勞

題山石榴花

一叢千朶壓欄干翦碎紅綃卻作團風嫋舞腰香不盡
露銷粧臉淚新乾薔薇帶刺攀應懶菡萏生泥翫亦難爭
及此花簷戶下任人採弄盡人看

代春贈

山吐晴嵐水放光辛夷花白柳梢黃但知莫作江西意風景
何曾異帝鄉

荅春

草煙低重水花明從道風光似帝京其柰山猿江上叫故鄉
無此斷腸聲

櫻桃花下歎白髮

逐處花皆好隨年貌自衰紅櫻滿眼日白髮半頭時倚
樹無言久攀條欲放遲臨風兩堪歎如雪復如絲

惜落花贈崔二十四

漠漠紛紛不奈何狂風急雨兩相和晚來悵望君知否枝上
稀疎地上多

移山櫻桃

亦知官舍非吾宅且斸山櫻滿院栽上佐近來多五考少應
四度見花開

官舍閑題

職散優閑地身慵老大時送春唯有酒銷日不過棊祿
米麞牙稻園蔬鴨脚葵飽飡仍晏起餘暇弄龜兒龜兒即小姪名

晚春登大雲寺南樓贈常禪師

花盡頭新白登樓意若何歲時春日少世界苦人多愁醉

非因酒悲吟不足歌求師治此病唯勸讀楞伽

北樓送客歸上都

憑高送遠一悽悽却下朱欄即解攜京路人歸天直北江樓客散日平西長津欲度迴船尾殘酒重傾簇馬蹄不獨別君須強飲窮愁自要醉如泥

北亭招客

疎散郡丞同野客幽閑官舍抵山家春風北戶千莖竹晚日東園一樹花小盞吹醅嘗冷酒深爐敲火炙新茶能來盡日宮棊否太守知慵放晚衙

宿西林寺早赴東林滿上人之會因寄崔二十二員外

謫辭魏闕鵷鸞隔老入廬山麋鹿隨薄暮蕭條投寺宿凌晨清淨與僧期雙林我起聞鍾後隻日君趨入閤時鵬鶚

高低分皆定莫勞心力遠相思

遊寶稱寺

竹寺初晴日花塘欲曉春野猿疑弄客山鳥似呼人酒嬾傾金液茶新碾玉塵可憐幽靜地堪寄老慵身

早春聞提壺鳥因題鄰家

厭聽秋猿催下淚喜聞春鳥勸提壺誰家紅樹先花發何處青樓有酒沽進士麄豪尋靜盡拾遺風彩近都無欲斯明日東鄰醉變作騰騰一俗夫

見紫薇花憶微之

一叢暗淡將何比淺碧籠裙襯紫巾除却微之見應愛人間少有別花人

薔薇花一叢獨死不知其故因有是篇

柯條未嘗損根蔘不曾移同類今齊茂孤芳忽獨萎仍

憐委地日正是帶花時碎碧初凋葉燋紅尚戀枝乾坤無
厚薄草木自榮衰欲問因何事春風亦不知

湖亭望水

久雨南湖漲新晴北客過日沉紅有影風定淥無波岸
没閭閻少灘平舩舫多可憐心賞處其柰獨遊何

閑遊

外事因慵廢中懷與靜期尋泉上山遠看笋出林遲白
石磨樵斧青竿理釣絲澄清深浅好最愛夕陽時

憶微之傷仲遠　李三仲遠去年春喪

幽獨辞羣久漂流去國賒只將琴作伴唯以酒爲家感
逝因看水傷離爲見花李三埋地底元九謫天涯舉眼
青雲遠迴頭白日斜可能勝賈誼猶自滞長沙

過鄭處士

聞道移居村塢閒竹林多處獨開關故來不是求他事
暫借南亭一望山

霖雨苦多江湖暴漲塊然獨望因題北亭

自作潯陽客無如苦雨何陰昏晴日少閑悶睡時多湖闊
將天合雲低與水和蘺根舟子語巷口釣人歌霧島沉黃氣
風帆蹙白波門前車馬道一宿變江河

春末夏初閑遊江郭 二首

閑出乘輕屐徐行蹋軟沙觀魚傍湓浦看竹入楊家湓浦多魚浦西有楊侍郎宅多好竹
林迸穿籬筍藤飄落水花雨埋釣舟小風颺酒旗斜
嫩剝青菱角濃煎白茗芽淹留不知夕城樹欲棲鴉

柳影繁初合鶯聲澀漸稀早梅迎夏結殘絮送春飛西日
韶光盡南風暑氣微展張新小簟熨帖舊生衣綠蟻杯香
嫩紅絲鱠縷肥故園無此味何必苦思歸

紅藤杖　杖出南蠻

南詔紅藤杖西江白首人時時攜門步月處處把尋春勁健孤莖直疎圓六節匀火山生處遠瀘水洗來新麁細纔盈手高低僅過身天邊望鄉客何日拄歸秦

風雨中尋李十一因題船上

匹馬來郊外扁舟在水濱可憐衝雨客來訪阻風人小榼沽清醑行厨煮白鱗停杯看柳色各憶故園春

題廬山山下湯泉

一眼湯泉流向東浸泥澆草煖無功驪山温水因何事流入金鋪玉甃中

寄蘄州簟與元九因題六韻　時元九鰥居

笛竹出蘄春霜刀劈翠筠織成雙人簟寄與獨眠人卷作筒中信舒爲席上珍滑如鋪薤葉冷似卧龍鱗清潤宜乘露

鮮華不受塵通州炎郭地此物最關身

秋熱

西江風候接南威暑氣常多秋氣微猶道江州最凉冷至今九月著生衣

題元八谿居

溪嵐漠漠樹重重水檻山窻次第逢晚葉尚開紅躑躅秋房初結白芙蓉聲來枕上千年鶴影落杯中五老峯更愧殷勤留客意魚鮮飯細酒香濃

晚出西郊

散吏閑如客貧州冷似村早凉湖北岸殘照郭西門懶鑷從鬚白休治任眼昏老來何所用少興不多言

階下蓮

葉展影翻當砌月花開香散入簾風不如種在天池上猶勝

生於野水中

端居詠懷

賈生俟罪心相似張翰思歸事不如斜日早知驚鵩鳥秋風悔不憶鱸魚胸襟曾貯匡時策懷袖猶殘諫獵書從此萬緣都擺落欲攜妻子買山居

夜宿江浦聞元八改官因寄此什

君遊丹陛已三遷我汎滄浪欲二年劍珮曉趨雙鳳闕煙波夜宿一漁舩交親盡在青雲上鄉國遥抛白日邊若報生涯應笑殺結茅栽芋種畬田

百花亭

朱檻在空虛凉風八月初山形如峴首江色似桐廬佛寺乘舩入人家枕水居高亭仍有月今夜宿何如

江樓早秋

南國雖多熱，秋來亦不遲。湖光朝霽後，竹氣晚涼時。樓閣宜佳客，江山入好詩。清風水蘋葉，白露路木蘭枝。欲作雲泉計，須營伏臘資。匡廬一步地，官滿更何之。

送客之湖南

年年漸見南方物，事事堪傷北客情。山鬼趫跳唯一足，峽猿哀怨過三聲。帆開青草湖中去，衣濕黃梅雨裏行。別後雙魚難定寄，近來潮不到湓城。

百花亭晚望夜歸

百花亭上晚徘徊，雲景陰晴掩復開。日色悠揚暎山盡，雨聲蕭颯渡江來。鬢毛遇病雙如雪，心緒逢秋一似灰。向夜欲歸愁未了，滿湖明月小船迴。

西樓

小郡大江邊，危樓夕照前。青蕪卑濕地，白露泬寥天。鄉國此

時阻家書何處傳仍聞陳蔡戍轉戰已三年

尋李道士山居兼呈元明府

盡日行還歇遲遲獨上山攀藤老筋力照水病容顏陶巷招居住茅家許往還飽諳榮辱事無意戀人間

四十五

行年四十五兩鬢半蒼蒼清瘦詩成癖麤豪酒放狂老來尤委命安處即爲鄉或擬廬山下來春結草堂

寄李相公崔侍郎錢舍人

曾陪鶴馭兩三仙親侍龍輿四五年天上歡華春有限世間漂泊海無邊榮枯事過都成夢憂喜心忘便是禪官滿更歸何處去香爐峯左住宅門前

廳前桂

天台嶺上凌霜樹司馬廳前委地叢一種不生明月裏山中

猶校勝塵中

尋王道士藥堂因有題贈

行行覓路緣松嶠步步尋花到杏壇白石先生小有洞黃芽姹女大還丹常悲東郭千家塚欲乞西山五色丸但恐長生須有籍仙臺試爲撿名看

秋晚

籬菊花稀砌桐落樹陰離離日色薄單幕疎簾貧寂寞凉風冷露秋蕭索光陰流轉忽已晚顔色凋殘不如昨萊妻臥病月明時不擣寒衣空擣藥

南浦歲暮對酒送王十五歸京

臘後冰生覆溢水夜來雲闇失廬山風飄細雪落如米索索蕭蕭蘆葦間此地二年留我住今朝一酌送君還相看漸老無過醉聚散窮通摠是閑

除夜

薄晚支頤坐中宵枕臂眠一從身去國再見日周天老度江南歲春拋渭北田潯陽來早晚明日是三年

聞李十一出牧澧州崔二十二出牧果州因寄絕句

平生相見即眉開靜念無如李與崔各是天涯爲刺史緣何不覓九江來

元和十三年淮寇未平詔停歲仗憤然有感率爾成章

聞停歲仗軫皇情應爲淮西寇未平不分氣從歌裏發無明心向酒中生愚計忽思飛短檄狂心便欲請長纓從來妄動多如此自笑何曾得事成

庾樓新歲

歲時銷旅貌風景觸鄉愁牢落江湖意新年上庾樓

上香爐峯

倚石攀蘿歇病身青筇竹杖白紗巾他時畫出廬山郭便是香爐峯上人

憶微之

與君何日出屯蒙魚戀江湖鳥厭籠分手各拋滄海畔折腰俱老綠衫中三年隔闊音塵斷兩地飄零氣味同又被新年勸相憶柳條黃軟欲春風

雨夜贈元十八

卑濕沙頭宅連陰雨夜天共聽簷溜滴心事兩悠然把酒循環飲移牀曲尺眠莫言非故舊相識已三年

寒食江畔

草香沙暖水雲晴風景令人憶帝京還似往年春氣味不宜今日病心情聞鶯樹下沈吟立信馬江頭取次行忽見紫桐花

悵望下邽明日是清明

三月三日登庾樓寄庾三十二

三日歡遊辭曲水二年愁卧在長沙每登高處長相憶何況兹樓屬庾家

聞李六景儉自河東令授唐鄧行軍司馬以詩賀之

誰能淮上靜風波聞道河東應此科不獨文詞供奏記定將談笑解兵戈泥埋劒戟終難久水借蛟龍可在多四十著緋軍司馬男兒官職未蹉跎

石楠樹

可憐顏色好陰涼葉翦紅牋花撲霜傘蓋低垂金翡翠薰籠乱搭繡衣裳春芽細炷千燈焰夏蘂濃焚百和香見說上林無此樹只教桃柳占年芳

大林寺桃花

人間四月芳菲盡山寺桃花始盛開長恨春歸無覓處不知轉入此中來

詠懷

自從委順任浮沈漸學年多功用深面上滅除憂喜色胷中消盡是非心妻兒不問唯耽酒冠帶皆慵只抱琴長笑靈均不知命江籬叢畔苦悲吟

早發楚城驛

過雨塵埃滅沿江道徑平月乘殘夜出人趁早涼行寂歷閑吟動冥濛閑思生荷塘翻露氣稻壟瀉泉聲宿犬聞鈴起栖禽見火驚曨曨煙樹色十里始天明

箬峴東池

箬峴亭東有小池早荷新荇綠參差中宵把火行人發驚起雙棲白鷺鷥

建昌江

建昌江水縣門前立馬教人喚渡船忽似往年歸蔡渡草風沙雨渭河邊

哭從弟

傷心一尉便終身叔母年高新婦貧一片綠衫消不得要首金拖紫是何人

香鑪峯下新卜山居草堂初成偶題東壁 五首

五架三間新草堂石堦桂柱竹編墻南簷納日冬天暖北戶迎風夏月涼灑砌飛泉纔有點拂窻斜竹不成行來春更葺東廂屋紙閤蘆簾著孟光

重題

喜入山林初息影厭趨朝市久勞生早年薄有煙霞志歲晚深諳世俗情已許虎溪雲裏卧不爭龍尾道前行從茲

耳界應清淨免見啾啾毀譽聲
長松樹下小谿頭斑鹿胎巾白布裘藥圃茶園爲產業野
麋林鶴是交遊雲生澗戶衣裳潤嵐隱山廚火燭幽最愛一
泉新引得清泠屈曲遶階流
日高睡足猶慵起小閣重衾不怕寒遺愛寺鐘欹枕聽香
鑪峯雪撥簾看匡廬便是逃名地司馬仍爲送老官心泰
身寧是歸處故鄉可獨在長安
宦途自此心長別世事從今口不言豈止形骸同土木兼將壽
夭任乾坤胷月中壯氣猶須遣身外浮榮何足論還有一條
遺恨事高家門館未酬恩

山中問月

爲問長安月誰教不相〔思必切〕離昔隨飛蓋處今照入山時借
助秋懷曠留連夜臥遲如歸舊鄉國似對好親知松下行爲

伴谿頭坐有期千巖將萬壑無處不相隨

正月十五日夜東林寺學禪偶懷藍田楊主簿因呈智禪師

新年三五東林夕星漢迢迢鐘梵遲花縣當君行樂夜松房是我坐禪時忽看月滿還相憶始歎春來自不知不覺定中微念起明朝更問鴈門師

臨水坐

昔爲東掖垣中客今作西方社内人手把楊枝臨水坐閑思往事似前身

山居

山齋方獨往塵事莫相仍藍輿辭鞍馬緇徒換友朋朝飡唯藥菜夜伴只紗燈除却青衫在其餘便是僧

遺愛寺

弄石臨谿坐尋花遶寺行時時聞鳥語處處是泉聲

山中與元九書因題書後

憶昔封書與君夜金鑾殿後欲明天今夜封書在何處廬山菴裏曉燈前籠鳥檻猿俱未死人間相見是何年

黃石巖下作

久别鵷鸞侶深隨鳥獸羣敎他遠親故何處覓知聞昔日青雲意今移向白雲

戲贈李十三判官

垂鞭相送醉醺醺遥見廬山指似君想君初覺從軍樂未愛香鑪峯上人

醉中戲贈鄭使君 時使君先歸留妓樂重飲

密座移紅毯酡顔照渌盃雙娥留且住五馬任先迴醉耳歌催醒愁眉笑引開平生少年興臨老蹔重來

江亭夕望

憑高望遠思悠哉晚上江亭夜未迴日欲没時紅浪沸月初生處白煙開辭枝雪蕊將春去滿鑷霜毛送老來爭敢三年作歸計心知不及賈生才

酬元員外三月三十日慈恩寺相憶見寄

悵望慈恩三月盡紫桐花落鳥關關誠知曲水春相憶其奈長沙老未還赤嶺猿聲催白首黄茅瘴色換朱顔誰言南國無霜雪盡在愁人鬢髮間

偶然二首

楚懷邪亂靈均直放棄合宜何惻惻漢文明聖賈生賢謫向長沙堪歎息人事多端何足怪天文至信猶差忒月離于畢合霶沲有時不雨誰能測

火發城頭魚水裏救火竭池魚失水乖龍藏在牛領中雷擊

龍來牛杜死人道著神龜骨聖試卜魚牛那至此六十四卦
七十鑽畢竟不能知所以

中秋月

萬里清光不可思添愁益恨遶天涯誰人隴外久征戍何處
庭前新別離失寵故姬歸院夜没蕃老將上樓時照他幾
許人腸斷玉兎銀蟾遠不知

謝李六郎中寄新蜀茶

故情周匝向交親新茗分張及病身紅紙一封書後信綠芽
十片火前春湯添勺水煎魚眼末下刀圭攪麴塵不寄他人
先寄我應緣我是別茶人

擕諸山客同上香鑪峯遇雨而還沾濡狼藉互
相笑謔題此解嘲

蕭灑登山去龍鍾遇雨迴磴危攀薜荔石滑踐莓苔襪汙君

相謔鞋穿我自咍莫欺泥土脚曾踏玉階來

彭蠡湖晚歸

彭蠡湖天晚桃花水氣春鳥飛千白點日沒半紅輪何必爲遷客無勞是病身但來臨此望少有不愁人

酬贈李鍊師見招

幾年司諫直承明今日求眞禮上淸曾犯龍鱗容不死欲騎鶴背覓長生劉綱有婦仙同得伯道無兒累更輕若許移家相近住便驅雞犬上層城

西河雨夜送客

雲黑雨翛翛江昏水闇流有風催解纜無月伴登樓酒罷無多興帆開不少留唯看一點火遥認是行舟

登西樓憶行簡

因樓上西南望始覺人間道路長礙日暮山靑簇簇浸天秋

水白茫茫風波不見三年面書信難傳萬里腸早晚東歸
來下峽穩乘船舫過瞿唐

羅子

有女名羅子生來纔兩春我今年已長日夜二毛新顧念嬌
啼面思量老病身直應頭似雪始得見成人

讀靈徹詩

東林寺裏西廊下石片鐫題數首詩言句怪來還校別看名
知是老湯師

聽李士良琵琶 人各賦二十八字

聲似胡兒彈舌語愁如塞月恨邊雲閑人暫聽猶眉斂可
使和蕃公主聞

昭君怨

明妃風貌最娉婷合在椒房應四星只得當年備宮掖何

曾專夜奉幃屏見疎從道迷圖畫知屈那教配虜庭自是君
恩薄如紙不須一向恨丹青

閑吟

自從苦學空門法銷盡平生種種心唯有詩魔降未得每逢
風月一閑吟

戲問山石榴

小樹山榴近砌栽半含紅萼帶花來爭知司馬夫人妬移到
庭前便不開

編集拙詩成一十五卷因題卷末戲贈元九李二十

一篇長恨有風情十首秦吟近正聲每被老元偷格律（元九向江陵日嘗以拙詩一軸贈行自後格變）苦教短李伏歌行（李二十常自負歌行近見予樂府五十首默然心伏）世間富
貴應無分身後文章合有名莫怪氣麤言語大新排十
五卷詩成

湖上閑望

藤花浪沸紫茸條菰葉風飜緑翦刀閑弄水芳生楚思時時合眼詠離騷

白氏文集卷第十六

白氏文集卷第十七

律詩 五言七言自兩韻至五十韻凡一百首

江南謫居十韻

自哂沈冥客曾爲獻納臣壯心徒許國薄命不如人變展凌雲翅俄成失水鱗葵枯猶向日蓬斷即辭春澤畔長愁地天邊欲老身蕭條殘活計冷落舊交親草合門無徑煙消甑有塵憂方知酒聖貧始覺錢神虎尾難容足羊腸易覆輪行

藏與通塞一切任陶鈞

江樓夜吟元九律詩成三十韻

昨夜江樓上吟君數十篇詞飄朱檻底韻墮淥江前清楚音諧律精微思入玄收將白雪麗奪盡碧雲妍寸截金爲句雙雕玉作聯八風凄間發五彩爛相宣冰扣聲聲冷珠排字字圓文頭交比繡筋骨軟於綿頌湧同波浪錚摐過管絃醴泉流出地鈞樂下從天神鬼聞如泣魚龍聽似禪星迴疑聚集月落爲留連鴈感無鳴者猿愁亦悄然交流遷客淚停住賈人船闇被歌姬乞潛聞思婦傳斜行題粉壁短卷寫紅牋肉味經時忘頭風當日痊老張知定伏短李愛應顛（張十八籍李二十紳皆攻律詩故云）道屈才方振身閑業始專天教聲烜赫理合命迍邅顧我文章劣知他氣力全功夫雖共到巧拙尚相懸各有詩千首俱拋海邊白頭吟處變青眼望中穿酬答朝妨食披尋夜廢眠老

償今債負宿結字因緣毎歎陳夫子（陳子昂著感遇詩稱於世）常嗟李
謫仙（賀知章謂李白爲謫仙人）名高折人爵思苦減天年（李竟無官陳亦早夭）不得當
時遇空令後代憐相悲今若此湓浦與通川

潯陽歲晩寄元八郎中庾三十三員外

閲水年將暮燒金道未成丹砂不肯死白髮事須生病肺慚
盃滿衰顔忌鏡明春深舊郷夢歲晩故交情一別浮雲散
雙瞻列宿榮螭頭階下立龍尾道前行封事頻聞奏除書數
見名虛懷事僚友平歩取公卿漏盡雞人報朝迴幼女迎
可憐白司馬老大在湓城

元九以緑絲布白輕褣見寄製成衣服以詩報知

緑絲文布素輕褣珍重京華手自封貧友遠勞君寄附病
妻親爲我裁縫袴花白似秋雲薄衫色青於春草濃欲著
却休知不稱折腰無復舊形容

清明日送韋侍御貶虔州

寂寞清明日蕭條司馬家留餳和冷粥出火煑新茶欲別能無酒相留亦有花南遷更何處此地已天涯

九江春望

淼茫積水非吾土飄泊浮萍是我身身外信緣爲活計眼前隨事覓交親鑪煙豈異終南色湓草寧殊渭北春此地何妨便終老匹如元是九江人香鑪峯上多煙湓水岸足草因而寄之

晚題東林寺雙池

向晚雙池好初晴百物新裊枝飜翠羽濺水躍紅鱗萍汎同遊子蓮開當麗人臨流一惆悵還憶曲江春

贈内子

白髮方興歎青娥亦伴愁寒衣補燈下小女戲牀頭闇澹屏帷故凄凉枕席秋貧中有等級猶勝嫁黔婁

送客春遊嶺南二十韻 因敘南方物以諭之并擬微之送崔二十一之作

已訝遊何遠，仍嗟別太頻。離容君慼促，贈語我殷勤。迢遞天南面，蒼茫海北濱。訶陵國分界，交趾郡爲鄰。蓊鬱三光晦，温暾四氣勻。陰晴變寒暑，昏曉錯星辰。瘴地難爲老，蠻陬不易馴。土民稀白首，洞主盡黃巾。戰艦猶驚浪，戎車未息塵。時黃家賊方動 紅旗圍卉服，紫綬裹文身。麪苦桄榔裛，漿酸橄欖新。牙檣迎海舶，銅鼓賽江神。不凍貪泉暖，無霜毒草春。雲煙蟒蛇氣，刀劍鰐魚鱗。路足羇棲客，官多謫逐臣。天黃生颶母，颶母如斷虹，欲大風即見 雨黑長楓人。楓人因夜雷雨輒暗長數丈 迴使先傳語，征軒早返輪。須防杯裏蠱，南方蠱毒多置酒中 莫愛橐中珍。北與南殊俗，身將貨孰親。嘗聞君子誡，憂道不憂貧。

自題

功名宿昔人多許，寵辱斯須自不知。一旦失恩先左降，三年隨例未

量移馬頭覓角生何日石火敲光住幾時前事是身俱若此空門不去欲何之

自悲

火宅煎熬地霜松摧折身因知羣動内易死不過人

尋郭道士不遇

郡中乞假來相訪洞裏朝元去不逢看院秖留雙白鶴入門唯見一青松藥鑪有火丹應伏雲碓無人水自春（廬山中雲母多故以水碓擣錬俗呼爲雲碓）欲問參同契中事更期何日得從容

潯陽春三首 元和十二年作

春生

春生何處闇周遊海角天涯遍始休先遣和風報消息續教啼鳥說來由展張草色長河畔點綴花房小樹頭若到故園應覓我爲傳淪落在江州

春來

春來觸動故鄉情忽見風光憶兩京金谷蹋花香騎入曲江碾草鈿車行誰家渌酒歡連夜何處紅樓睡失明獨有不眠不醉客經春冷坐古湓城

春去

一從澤畔爲遷客兩度江頭送暮春白髮更添今日鬢青衫不改去年身百川未有迴流水一老終無却少人四十六時三月盡送春爭得不殷勤

夢微之 十二年八月二十日夜

晨起臨風一惆悵通川湓水斷相聞不知憶我因何事昨夜三迴夢見君

贈韋鍊師

潯陽遷客爲居士身似浮雲心似灰上界女仙無嗜慾何因相顧兩徘徊共疑過去人間世曾作誰家夫婦來

問劉十九

綠螘新醅酒紅泥小火爐晚來天欲雪能飲一盃無

得行簡書聞欲下峽先以此寄

朝來又得東川信欲取春初發梓州書報九江聞暫喜路經三峽想還愁瀟湘瘴霧加飡飯灔澦驚波穩泊舟欲寄兩行迎爾淚長江不肯向西流

南湖早春

風迴雲斷雨初晴反照湖邊暖復明亂點碎紅山杏發平鋪新綠水蘋生翅低白鴈飛仍重舌澁黃鸝語未成不道江南春不好年年衰病減心情

元十八從事南海欲出廬山臨別舊居有戀泉聲之什因以投和兼伸別情

賢侯辟士禮從容莫戀泉聲問所從雨露初承黃紙詔煙霞

欲別紫霄峯傷弓未息新驚鳥得水難留久卧龍我正退藏君變化一盃可易得相逢

題韋家泉池

泉落青山出白雲縈村遶郭幾家分自從引作池中水深淺方圓一任君

醉中對紅葉

臨風杪秋樹對酒長年人醉貌如霜葉雖紅不是春

遣懷

羲和走馭趁年光不許人間日月長遂使四時都似電爭教兩鬢不成霜榮銷枯去無非命壯盡衰來亦是常已共身心要約定窮通生死不驚忙

點額魚

龍門點額意何如紅尾青鬐却返初見說在天行雨苦爲龍未

必勝爲魚

聞龜兒詠詩

憐渠已解詠詩章搖膝支頤學二郎莫學二郎吟太苦纔年四十鬢如霜

對酒

未濟卦中休卜命叅同契裏莫勞心無如飲此銷愁物一餉愁消直萬金

東牆夜合樹去秋爲風雨所摧今年花時悵然有感

碧荑紅縷今何在風雨飄將去不迴惆悵去年牆下地今春唯有薺花開

病起

病不出門無限時今朝强出與誰期經年不上江樓醉勞動春風颭酒旗

夢亡友劉太白同遊彰敬寺

三千里外卧江州十五年前哭老劉昨夜夢中彰敬寺死生魂魄暫同遊

與果上人歿時題此決別兼簡二林僧社

本結菩提香火社爲嫌煩惱電泡身不須惆悵從師去先請西方作主人

贈寫眞者

子騁丹青日予當醜老時無勞役神思更畫病容儀迢遞麒麟閣圖功未有期區區尺素上焉用寫眞爲

劉十九同宿 時淮寇初破

紅旗破賊非吾事黃紙除書無我名唯共嵩陽劉處士圍棊賭酒到天明

十二年冬江西溫暖喜元八寄金石凌到因題此詩

今冬臘候不嚴凝暖霧温風氣上騰山脚崦中纔有雪江流慢處亦無冰欲將何藥防春瘴只有元家金石凌

閑意

不爭榮耀任沉淪日與時疎共道親北省朋僚音信斷東林長老往還頻病停夜食閑如社慵擁朝裘暖似春漸老漸諳閑氣味終身不擬作忙人

送友人上峽赴東川辟命

見說瞿唐峽斜銜灧澦根難於尋鳥路險過上龍門羊角風頭急桃花水色渾山廻若鰲龜轉舟入似鯨吞岸合愁天斷波跳恐地翻憐君經此去為感主人恩

夜送孟司功

潯陽白司馬夜送孟功曹江闇管絃思樓明燈火高湖波翻似箭霜草殺如刀且莫開征棹陰風正怒號

衰病

老辭遊冶尋花伴病別荒狂舊酒徒更恐五年三歲後些些談笑亦應無

題詩屏風絶句 并序

十二年冬微之猶滯通州予亦未離湓上相去萬里不見三年鬱鬱相念多以吟詠自解前後辱微之寄示之什殆數百篇雖藏於篋中永以爲好不若置之座右如見所思繇是掇律句中短小麗絶者凡一百首題録合爲一屏風舉目會心參若其人在於前矣前輩作事多出偶然則安知此屏不爲好事者所傳異日作九江一故事爾因題絶句聊以獎之

相憶采君詩作鄣自書自勘不辭勞鄣成定被人爭寫從此南中紙價高

荅微之 微之於閬州西寺手題予詩予又以微之百篇題此屏上各以絶句相報荅之

君寫我詩盈寺壁我題君句滿屏風與君相遇知何處兩葉浮萍大海中

偶宴有懷

遇興尋文客因歡命酒徒春遊憶親故夜會似京都詩思閑仍在鄉愁醉暫蘇無狂來欲起舞慙見白髭鬚

山中酬江州崔使君見寄

眷眄情無限優容禮有餘三年爲郡吏一半許山居酒熟心相待詩來手自書庾樓春好醉明日且迴車

山枇杷

深山老去惜年華況對東谿野枇杷火樹風來飜絳豔瓊枝日出曬紅紗迴看桃李都無色映得芙蓉不是花爭奈結根深石底無因移得到人家

聞李尚書拜相因以長句寄賀微之

憐君不久在通川知己新提造化權夔卨定求才濟世張雷應辯氣衝天那知淪落天涯日正是陶鈞海內年肯向泥中拋折劒不收重鑄作龍泉

歲暮

窮陰急景坐相催壯齒韶顔去不迴舊病重因年老發新愁多是夜長來膏明自爇緣多事鴈默先烹爲不才禍福細尋無會處不如且進手中盃

雨中赴劉十九二林之期及到寺劉已先去因以四韻寄之

雲中臺殿泥中路既阻同遊懶却還將謂獨愁猶對雨不知多興已尋山纔應行到千峯裏只校來遲半日間最惜杜鵑花爛熳春風吹盡不同攀

薔薇正開春酒初熟因招劉十九張大夫崔二十四同飲

甕頭竹葉經春熟　階底薔薇入夏開　似火淺深紅壓架　如餳氣味綠粘臺　試將詩句相招去　儻有風情或可來　明日早花應更好　心期同醉卯時盃

李白墓

採石江邊李白墳　遶田無限草連雲　可憐荒壟窮泉骨　曾有驚天動地文　但是詩人多薄命　就中淪落不過君

對酒

漫把參同契　難燒伏火砂　有時成白首　無處問黃牙　幻世如泡影　浮生抵眼花　唯將綠醅酒　且替紫河車

戲答諸少年

顧我長年頭似雪　饒君壯歲氣如雲　朱顏今日雖欺我　白髮他時不放君

風雨晚泊

苦竹林邊蘆葦叢最停舟一望思無窮青苔撲地連春雨
白浪掀天盡日風忽忽百年行欲半茫茫萬事坐成空此生
飄蕩何時定一縷鴻毛天地中

題崔使君新樓

憂人何處可銷憂碧甃紅欄溢水頭從此潯陽風月夜崔公樓
替庾公樓

山中戲問韋侍御

我抱棲雲志君懷濟世才常吟反招隱那得入山來

贈曇禪師 夢中作

五年不入慈恩寺今日尋師始一來欲知火宅焚燒苦方寸如今
化作灰

寄微之

帝城行樂日紛紛天畔窮愁我與君秦女笑歌春不見巴猿啼

哭夜常聞何處琵琶絃似語誰家咼墮髻如雲人生多少歡娛
事那獨千分無一分

醉吟二首

空王百法學未得姹女丹砂燒即飛事事無成身老也醉鄉不
去欲何歸

兩鬢千莖新似雪十分一盞欲如泥酒狂又引詩魔發日午悲吟
到日西

曉寢

轉枕重安寢迴頭一欠伸紙窻明覺曉布被暖知春莫強踈慵
性須安老大身雞鳴一覺睡不博早朝人

荅元八郎中楊十二博士

身覺浮雲無所著心同止水有何情但知蕭灑踈朝市不要崎
嶇隱姓名晝日觀魚臨澗坐有時隨鹿上山行誰能拋得人間

事來共騰騰過此生覺二作學

湖亭與行簡宿

潯陽少有風情客招宿湖亭盡却迴水檻虛凉風月好夜深
唯共阿憐來

八月十五日夜湓亭望月

昔年八月十五夜曲江池畔杏園邊今年八月十五夜湓浦沙頭水
館前西北望鄉何處是東南見月幾迴圓臨風一歎無人會今
夜清光似往年

贈江客

江柳影寒新雨地塞鴻聲急欲霜天愁君獨向沙頭宿水遶
蘆花月滿船

殘暑招客

雲截山腰斷風驅雨脚迴早陰江上散殘熱日中來却取生衣

著重拈小簟開誰能淘晚熱閑飲兩三盃

潯陽秋懷贈許明府

霜紅二林葉風白九江波暝色投煙鳥秋聲帶雨荷馬閑無廖三六乙
出門冷少人過齒莾還鄉夢依俙望闕歌共思除醉外無計
奈愁何試問陶家酒新篘得幾多

九日醉吟

有恨頭還白無情菊自黃一爲州司馬三見歲重陽劍匣塵埃
滿籠禽日月長身從漁父笑門任雀羅張問疾因留客聽吟偶
置觴歎時論倚伏懷舊數存亡奈老應無計治愁或有方無
過學主勤唯以醉爲鄉

問韋山人 山甫

身名身事兩蹉跎試就先生問若何從此神仙學得否白鬚雖
有未爲多

送蕭鍊師步虛詩十首卷後以二絕繼之

欲上瀛洲臨别時贈君十首步虛詞天仙若愛應相問向道江州司馬詩

花紙瑶緘松墨字把將天上共誰開試呈王母如堪唱發遣雙成更取來

贈李兵馬使

身得貳師餘氣槩家藏都尉舊詩章江南别有樓船將燕頷虬鬚不姓楊

題遺愛寺前溪松

偃亞長松樹侵臨小石溪静將流水對高共遠峯齊翠蓋煙籠密花幢雪壓低與僧清影坐借鶴穩枝栖筆寫形難似琴偷韻易迷暑天風槭槭晴夜露凄凄獨契依爲舍閑行繞作蹊棟梁君莫採留著伴幽棲

廬山草堂夜雨獨宿寄牛二李七庾三十二員外

丹霄攜手三君子白髮垂頭一病翁蘭省花時錦帳下廬山雨夜草菴中終身膠漆心應在半路雲泥迹不同唯有無生三昧觀榮枯一照兩成空

聞楊十二新拜省郎遥以詩賀

文昌新入有光輝紫界宫牆白粉闈曉日雞人傳漏箭春風侍女護朝衣雪飄歌句高難和鶴拂煙霄老慣飛官職聲名俱入手近來詩客似君稀（頃曾有贈楊詩落句云不用更教詩過好折君官職是聲名今故云俱入手）

三月三日懷微之

良時光景長虛擲壯歲風情已闇銷忽憶同爲校書日每年同醉是今朝

贈韋八

辭君歲久見君初白髮驚嗟兩有餘容鬢别來今至此心情料取合何如曾同曲水花亭醉亦共華陽竹院居豈料天南相見夜哀

猿瘴霧宿匡盧

春江閑步贈張山人

江景又妍和牽愁發浩歌晴砂金屑色春水麴塵波紅蔟交枝杏青含卷葉荷藉莎憐軟暖憩樹愛婆娑書信朝賢斷知音野老多相逢不閑語爭奈日長何

春聽琵琶兼簡長孫司戶

四絃不似琵琶聲亂寫真珠細撼鈴指底商風悲颯颯舌頭胡語苦醒醒如言都尉思京國似訴明妃厭虜庭遷客共君相勸諫春腸易斷不須聽

吴宫詞

一入吴王殿無人覩翠蛾樓高時見舞宮靜夜聞歌半露胷月如雪斜迴臉似波妍蚩各有分誰敢妬恩多

送韋侍御量移金州司馬 時予官獨未出

春歡雨露同霑澤冬歎風霜獨滿衣留滯多時如我少遷移
好處似君稀臥龍雲到須先起蟄鷰雷驚尚未飛莫恨東西
溝水別滄溟長短擬同歸

自到潯陽生三女子因詮眞理用遣妄懷

宦途本自安身拙世累由來向老多遠謫四年徒已矣晚生三女
擬如何預愁嫁娶眞成患細念因緣盡是魔賴學空王治苦法須
拋煩惱入頭陀

江西裴常侍以優禮見待又蒙贈詩輒叙鄙誠用伸感謝

一從簪笏事金貂每借溫顏放折腰長覺身輕離泥滓忽驚
手重捧瓊瑤馬因迴顧雖增價桐遇知音已半燋他日秉鈞如
見念壯心直氣未全銷

自江州司馬授忠州刺史仰荷聖澤聊書鄙誠

炎瘴拋身遠泥塗索脚難網初鱗撥刺籠久翅摧殘雷電

頒時令陽和變歲寒遺簪承舊念剖竹授新官鄉覺前程近心隨外事寬生還應有分西笑問長安

除忠州寄謝崔相公

提拔出泥知力竭吹噓生翅見情深劒鋒缺折難衝斗桐尾燒焦豈望琴感舊兩行年老淚酬恩一寸歲寒心忠州好惡何須問鳥得辭籠不擇林

初除官蒙裴常侍贈鶻銜瑞草緋袍魚袋因謝惠貺兼抒離情

新授銅符未著緋因君裝束始光輝惠深范叔綈袍贈榮過蘇秦佩印歸魚綴白金隨步躍鶻銜紅綬遶身飛明朝戀別朱門淚不敢多垂恐汙衣

洪州逢熊孺登

靖安院裏新荑下醉笑狂吟氣最鹿麤莫問別來多少苦低

頭看取白髭鬚

初著刺史緋答友人見贈

故人安慰善爲辭五十專城道未遲徒使花袍紅似火其如蓬鬢白成絲且貪薄俸君應惜不稱衰容我自知銀印可憐將底用只堪歸舍嚇妻兒

又答賀客

銀章暫假爲專城賀客來多懶起迎似挂緋衫衣架上朽株枯竹有何榮

別草堂三絶句

正聽山鳥向陽眠黄紙除書落枕前爲感君恩須暫起鑪峯不擬住多年

久眠褐被爲居士忽挂緋袍作使君身出草堂心不出廬山未要動移文

三間茅舍向山開一帶山泉遶舍迴山色泉聲莫惆悵三年官滿却歸來

鍾陵餞送

翠幕紅筵高在雲歌鐘一曲萬家聞路人指點滕王閣看送忠州白使君

潯陽宴别 此後忠州路上作

鞍馬軍城外笙歌祖帳間乘潮發湓口帶雪别廬山暮景牽行色春寒散醉顏共嗟炎瘴地盡室得生還

戲贈戶部李巡官

好去民曹李判官少貪公事且謀歡男兒未死爭能料莫作忠州刺史看

行次夏口先寄李大夫

連山斷處大江流紅旆逶迤鎮上游幕下翱翔秦御史軍前奔走漢諸侯曾陪劍履升鸞殿欲謁旌幢入鶴樓假著緋袍君莫笑恩深始得向忠州

重贈李大夫

早接清班登玉陛同承別詔直金鑾鳳巢閣上容身穩鶴鎖籠中展翅難流落多年應是命量移遠郡未成官慚君獨不欺顦顇猶作銀臺舊眼看

對鏡吟

閑看明鏡坐清晨多病姿容半老身誰論情性乖時事自想形骸非貴人三殿失恩宜放棄九宮推命合漂淪如今所得須甘分腰佩銀龜朱兩輪

江州赴忠州至江陵已來舟中示舍弟五十韻

昔作咸秦客常思江海行今來仍盡室此去又專城典午猶為幸分憂固是榮箳篂州乘送艛艓驛船迎共載皆妻子同遊即弟兄寧辭浪迹遠且貴賞心并雲展帆高挂飆馳棹迅征泝流從漢浦循路轉荊衡山逐時移色江隨地改名風光近東早水木向南清夏口煙孤起湘川雨半晴日煎紅浪沸月射白砂

明北渚寒留鴈南枝暖待鸎駢朱桃露萼點翠柳含萌亥
市魚鹽聚神林鼓笛鳴壺漿椒菜氣歌曲竹枝聲繫纜見怜沙靜
垂綸愛岸平水飡紅粒稻野茹紫花菁甌汎茶如乳臺粘酒似
錫膾長抽錦縷藕脆削瓊英容易來千里斯須進一程未曾勞
氣力漸覺有心情臥穩添春睡行遲帶酒醒忽愁牽世網便欲
濯塵纓早接文場戰曾爭翰苑盟掉頭稱俊造翹足取公卿且昧
隨時義徒輸報國誠衆排思易失偏壓勢先傾虎尾真憂危切
鴻毛性命輕燭蛾誰救護蟲繭自纏縈斂手辭雙闕迴眸望兩
京長沙拋賈誼漳浦臥劉楨鶗鴂鳴還歇蟾蜍破又盈年光同激
箭鄉思極搖旌潦倒親知葵衰羸舊識驚烏頭因感白魚尾爲勞
頳劒學將何用丹燒竟不成孤舟萍一葉雙鬢雪千莖老見人情盡
閑思物理精如湯探冷熱似博鬬輸羸險路應須避迷途莫共爭
此心知止足何物要經營玉向泥中潔松經雪後貞無妨隱朝市不

必謝蒙瀛但在前非悟期無後患嬰多知非是禄福少語是元亨聵即全身藥明爲伐性兵昏昏隨世俗蠢蠢學黎甿烏以能言縛龜緣入夢耳知之一何晚猶足保餘生

題岳陽樓

岳陽城下水漫漫獨上危樓凭曲欄春岸緑時連夢澤夕波紅處近長安猿攀樹立啼何苦鴈點湖飛渡亦難此地唯堪畫圖障華堂張與貴人看

入峽次巴東

不知遠郡何時到猶喜全家此去同萬里王程三峽外百年生計一舟中巫山暮足霑花雨隴水春多逆浪風兩片紅旌數聲鼓使君艛艤上巴東

十年三月三十日別微之於灃上十四年三月十一日夜遇微之於峽中停舟夷陵三宿而别言不盡者以詩終之

因賦七言十七韻以贈且欲寄所遇之地與相見之時爲他年會話張本也（寄一作記）

豊水店頭春盡日送君上馬謫通川夷陵峽口明月夜此處逢君是偶然一別五年方見面相攜三宿未迴船坐從日暮唯長歎語到天明竟未眠齒髮蹉跎將五十關河迢遞過三千生涯共寄滄江上鄉國俱拋白日邊往事渺茫都似夢舊遊零落半歸泉醉悲灑淚春盃裏吟苦支頤曉燭前莫問龍鍾惡官職且聽清脆好文篇（微之別來有新詩數百篇麗絕可愛）別來只是成詩癖老去何曾更酒顛各限王程須去住重開離宴貴留連黃牛渡北移征棹白狗崖東卷別筵（黃牛白狗皆與微之遇峽中地名即別之所也）神女臺雲閑繚繞使君灘水急潺湲風淒暝色愁楊柳月弔宵聲哭杜鵑萬丈赤幢潭底日一條白練峽中天君還秦地辭炎徼我向忠州入瘴煙未死會應相見在又知何地復何年

題峽中石上

巫女廟花紅似粉昭君村柳翠於眉誠知老去風情少見此爭無一句詩

白氏文集卷第十七

白氏文集卷第十八

律詩 五言七言 自兩韻至三十韻凡一百首

夜入瞿唐峽

瞿唐天下險夜上信難哉岸似雙屏合天如匹帛開逆風驚浪起拔稔闇船來欲識愁多少高於灩澦堆

初到忠州贈李六

好在天涯李使君江頭相見日黃昏吏人生梗都如鹿市井疎蕪只抵村一隻蘭船當驛路百層石磴上州門更無平地堪行處虛受

朱輪五馬恩

郡齋暇日憶廬山草堂兼寄二林僧社三十韻多敘貶官已來出處之意

諫諍知無補遷移分所當不堪匡聖主只合事空王龍象投新社鵷鸞失故行沈吟辭北闕誘引向西方便住雙林寺仍開一草堂平治行道路安置坐禪牀手板支爲枕頭巾閣在牆先生烏几舄居士白衣裳賁歲何曾悶終身不擬忙滅除殘夢想換盡舊心腸世界多煩惱形神久損傷正從風鼓浪轉作日銷霜佛經云此生死無住已如苦海浪又云煩惱如霜露慧日能消除吾道尋知止君恩偶未忘忽蒙頒鳳詔兼謝剖魚章蓮静方依水葵枯重仰陽三車猶夕會五馬已晨裝去似尋前世來如別故鄉眉低出鷲嶺腳重下蛇岡廬山岡名漸望廬山遠彌愁峽路長香鑪峯隱隱巴字水茫茫瓢挂留庭樹經收在屋梁春抛紅藥圃夏憶白蓮塘唯擬捐塵事將何答寵光有期追永遠

無政繼龔黃南國秋猶熱西齋夜暫涼閑吟四句偈晉時永遠二法師曾居此寺
靜對一鑪香身老同丘井心空是道場覓僧爲去伴留俸作歸粮
爲報山中侶憑看竹下房會應歸去在松菊莫教荒

贈康叟

八十秦翁老不歸南賓太守乞寒衣再三憐汝非他意天寶遺民
見漸稀

鸚鵡

竟日語還默中宵棲復驚身囚緣彩翠心苦爲分明暮起歸巢
思春多憶侶聲誰能坼籠破從放快飛鳴

京使迴累得南省諸公書因以長句詩寄謝蕭五劉
二元八吳十一韋大陸郎中崔二十二牛二李七庾三十三李
六李十楊三樊大楊十二員外

塵壓泥埋未死身每勞存問媿交親浮萍漂泊三千里列宿參差

十五人禁月落時君待漏畬煙深處我行春瘴鄉得老猶爲幸豈
敢傷嗟白髮新

東城春意

風軟雲不動郡城東北隅晚來春澹澹天氣似京都絃管隨宜
有盃觴不道無其如親故遠無可共歡娛

木蓮樹生巴峽山谷閒巴民亦呼爲黃心樹大者高五丈
涉冬不凋身如青楊有白文葉如桂厚大無脊花如蓮
香色豔膩皆同獨房蕊有異四月初始開自開迨
謝僅二十日忠州西北十里有鳴玉谿生者穠茂尤異元
和十四年夏命道士毋丘元志寫惜其遐僻因題三絕
句云

如折芙蓉栽旱地似拋芍藥挂高枝雲埋水隔無人識唯有南賓
太守知

紅似燕支膩如粉傷心好物不須臾山中風起無時節明日重來得在無

已愁花落荒巖底復恨根生亂石間幾度欲移移不得天教抛擲在深山

種桃杏

無論海角與天涯大抵心安即是家路遠誰能念鄉曲年深兼欲忘京華忠州且作三年計種杏栽桃擬待花

新秋

二毛生鏡日一莖落庭時老去爭由我愁來欲泥誰空銷閑歲月不見舊親知唯弄扶牀女時時强展眉

龍昌寺荷池

冷碧新秋水殘紅半破蓮從來寥落意不似此池邊

聽竹枝贈李侍御

巴童巫女竹枝歌懊惱何人怨咽多蹔聽遣君猶悵望長聞敎
我復如何

寄胡餅與楊萬州

胡麻餅樣學京都麪脆油香新出爐寄與飢饞楊大使嘗看
得似輔興無

感櫻桃花因招飲客

櫻桃昨夜開如雪鬢髮今年白似霜漸覺花前成老醜何曾酒後
更顛狂誰能聞此來相勸共泥春風醉一場

東亭閑望

東亭盡日坐誰伴寂寥身綠桂爲佳客紅蕉當美人笑言雖不
接情狀似相親不作悠悠想如何度晚春

畫木蓮花圖寄元郎中

花房膩似紅蓮朵豔色鮮如紫牡丹唯有詩人應解愛丹青寫

出與君看

和李澧州題韋開州經藏詩

既悟蓮花藏須遺貝葉書菩提無處所文字本空虛觀指非知月忘筌是得魚聞君登彼岸捨筏復何如

九日題塗谿

蕃草席鋪楓葉岸竹枝歌送菊花盃明年尚作南賓守或可重陽更一來

即事寄微之

畬田澁米不耕鉏旱地荒園少菜蔬想此土風今若此料看生計合何如衣縫紕纇黃絲絹飯下腥鹹白小魚飽暖飢寒何足道此身長短是空虛

題郡中荔枝詩十八韻兼寄萬州楊八使君

奇果標南土芳林對北堂素華春漠漠丹實夏煌煌葉捧低垂戶

枝孳重壓牆始因風弄色漸與日爭光夕訝條懸火朝驚樹點粧深於紅躑躅大校白檳榔星綴連心朶珠排耀眼房紫羅裁襯殼白玉裹填瓤早歲曾聞說今朝始摘嘗嚼疑天上味嗅異世間香潤勝蓮生水鮮逾橘得霜燕脂掌中顆甘露舌頭漿物少尤珍重天高苦渺茫已教生暑月又使阻遐方粹液靈難駐妍姿嫩易傷近南光影熱向北道途長不得充王賦無由寄帝鄉唯君堪擲贈向日似潘郎

留北客

峽外相逢遠樽前一會難即須分手別且強展眉歡楚袖蕭條舞巴絃趣數從速反彈笙歌隨分有莫作帝鄉看

重寄荔枝與楊使君時聞楊使君欲種植故有落句戲之

摘來正帶凌晨露寄去須憑下水船映我緋衫渾不見對公銀印

最相鮮香連翠葉真堪畫紅透青籠實可憐聞道萬州方欲
種愁君得喫是何年

和萬州楊使君四絶句

競渡

競渡相傳爲汨羅不能止遏意無他自經放逐來顦顇能校靈均
死幾多

江邊草

聞君澤畔傷春草憶在天門街裏時漠漠淒淒愁滿眼就中
惆悵是江蘺

喜慶李

東都綠李萬州栽君手封題我手開把得欲嘗先悵望與渠同
別故鄉來

白槿花

秋蕣晚英無艷色何因栽種在人家使君只別羅敷面爭解迴
頭愛白花

望郡南山　行簡

臨江一嶂白雲間紅綠層層錦繡斑不作巴南天外意何殊昭
應望驪山

和行簡望郡南山

反照前山雲樹明從君苦道似華清試聽腸斷巴猿叫早晚驪山
有此聲

種荔枝

紅顆真珠誠可愛白鬚太守亦何癡十年結子知誰在自向庭中
種荔枝

陰雨

嵐霧今朝重江山此地深灘聲秋更急峽氣曉多陰望闕雲遮

眼思鄉雨滴心將何慰幽獨賴此北窻琴

送客歸京

水陸四千里何時歸到秦舟辭三峽雨馬入九衢塵有酒留行客無書寄貴人唯憑遠傳語好在曲江春

送蕭處士遊黔南

能文好飲老蕭郎身似浮雲鬢似霜生計抛來詩是業家園忘却酒爲鄉江從巴峽初成字猿過巫陽始斷腸不醉黔中爭去得磨圍山月正蒼蒼

東樓醉

天涯深峽無人地歲暮窮陰欲夜天不向東樓時一醉如何擬過二三年

寄微之 時微之爲虢州司馬

高天默默物湛湛各有來由致損傷鸚爲能言長翦翅龜緣難死

久擅牀莫嫌冷落抛閑地猶勝炎蒸卧瘴鄉外物竟關身底事謾
排門戟繫腰章

東樓招客夜飲

莫辭數數醉東樓除醉無因破得愁唯有緑樽紅燭下暫時不似
在忠州

醉後戲題

自知清冷似冬凌每被人呼作律僧今夜酒醺羅綺暖被君融盡
玉壺冰

冬至夜

老去襟懷常濩落病來鬚鬢轉蒼浪心灰不及爐中火鬢雪多於
砌下霜三峽南賓城最遠一年冬至夜偏長今宵始覺房櫳冷坐
索寒衣託孟光

竹枝詞

瞿唐峽口水煙低白帝城頭月向西唱到竹枝聲咽處寒猿闇鳥
一時啼

竹枝苦怨怨何人夜靜山空歇又聞蠻兒巴女齊聲唱愁殺江樓
病使君

巴東船舫上巴西波面風生雨腳齊水蓼冷花紅簇簇江蘺濕葉
碧淒淒

江畔誰人唱竹枝前聲斷咽後聲遲怪來調苦緣詞苦多是通州
司馬詩

酬嚴中丞晚眺黔江見寄

江水三迴曲愁人兩地情磨圍山下色明月峽中聲晚後連天碧秋
來徹底清臨流有新恨照見白鬚生

寄題楊萬州四望樓

江上新樓名四望東西南北水茫茫無由得與君攜手同凭欄干

一望鄉

荅楊使君登樓見憶

忠萬樓中南北望南州煙水北州雲兩州何事偏相憶各是籠禽作使君

除夜

歲暮紛多思天涯渺未歸老添新甲子病減舊容輝鄉國仍留念功名已息機明朝四十九應轉悟前非

聞雷

瘴地風霜早溫天氣候催窮冬不見雪正月已聞雷震蟄蟲蛇出驚枯草木開空餘客方寸依舊似寒灰

春至

若爲南國春還至爭向東樓日又長白片落梅浮澗水黃梢新柳出城牆閑拈蕉葉題詩詠悶取藤枝引酒嘗樂事漸無身漸

老從今始擬負風光

感春

巫峽中心郡巴城四面春草青臨水地頭白見花人憂喜皆心火榮枯是眼塵除非一盃酒何物更關身

春江

炎涼昏曉苦推遷不覺忠州已二年閉閤只聽朝暮鼓上樓空望往來船鸎聲誘引來花下草色勾留坐水邊唯有春江看未厭縈砂遶石淥潺湲

題東樓前李使君所種櫻桃花

身入青雲無見日手栽紅樹又逢春唯留花向樓前著故故抛愁與後人

巴水

城下巴江水春來似麴塵軟砂如渭曲斜岸憶天津影蘸新黄

柳香浮小白蘋臨流搔首坐惆悵爲何人

野行

草潤衫襟重沙乾屐齒輕仰頭聽鳥立信脚望花行暇日無公事衰年有道情浮生短於夢夢裏莫營營

送高侍御使迴因寄楊八

明月峽邊逢制使黃茅岸上是忠州到城莫說忠州惡無益虛教楊八愁

奉酬李相公見示絶句 時初聞國哀

碧油幢下捧新詩榮賤雖殊共一悲涕淚滿襟君莫怪甘泉侍從最多時

喜山石榴花開 去年自廬山移來

忠州州裏今日花廬山山頭去年樹已憐根損斬新栽還喜花開依舊數赤玉何人小琴軫紅纈誰家合羅袴但知爛熳恣情開

莫怕南賓桃李妬

戲贈蕭處士清禪師

三盃嵬峩忘機客百衲頭陀任運僧又有放慵巴郡守不營一事共騰騰

錢號州以三堂絶句見寄因以本韻和之

同事空王歲月深相思遠寄定中吟遥知清淨中和化秖用金剛三昧心（予早歲與錢君同習讀金剛三昧經故云）

三月三日

暮春風景初三日流世光陰半百年欲作閑遊無好伴半江惆悵却迴船

寒食夜

四十九年身老日一百五夜月明天抱膝思量何事在癡男騃女喚鞦韆

代州民問

龍昌寺底開山路巴子臺前種柳林官職家鄉都忘却誰人會得使君心

答州民

宦情抖擻隨塵去鄉思銷磨逐日無唯擬騰騰作閑事遮渠不道使君愚

荔枝樓對酒

荔枝新熟雞冠色燒酒初開琥珀香欲摘一枝傾一盞西樓無客共誰嘗

房家夜宴喜雪戲贈主人

風頭向夜利如刀賴此溫爐軟錦袍桑落氣薰珠翠暖柘枝聲引管絃高酒鈎送盞推蓮子燭淚粘盤壘蒲萄不醉遣儂爭散得門前雪片似鵝毛

醉後贈人

香毬趁拍迴環匼花盞拋巡取次飛自入春來未同醉那能夜去獨先歸

初除尚書郎脫刺史緋

親賓相賀問何如服色恩光盡反初頭白喜拋黃草峽眼明驚坼紫泥書便留朱紱還鈴閣却著青袍侍玉除無奈嬌癡三歲女繞腰啼哭覓銀魚

留題開元寺上方

東寺臺閣好上方風景清數來猶未厭長別豈無情戀水多臨坐辭花剩繞行最憐新岸柳手種未全成

別種東坡花樹兩絕

三年留滯在江城草樹禽魚盡有情何處殷勤重回首東坡桃李種新成

花林好住莫顦顇春至但知依舊春樓上明年新太守不妨還是
愛花人

別橋上竹

穿橋迸竹不依行恐礙行人被損傷我去自慚遺愛少不教君得
似甘棠

發白狗峽次黃牛峽登高寺却望忠州

白狗次黃牛灘如竹節稠路穿天地險人續古今愁忽見千花塔
因停一葉舟畏途常迫促靜境暫淹留巴曲春全盡巫陽雨半
收北歸雖引領南望亦迴頭昔去悲殊俗今來念舊遊別僧山
北寺抛竹水西樓郡樹花如雪軍廚酒似油時時大開口自笑憶忠州

棣華驛見楊八題夢兄弟詩

遥聞旅宿夢兄弟應爲郵亭名棣華名作棣華來早晚自題
詩後屬楊家

商山路有感

萬里路長在六年身始歸所經多舊館太半主人非

商山路驛桐樹昔與微之前後題名處

與君前後多遷謫五度經過此路隅笑問中庭老桐樹這迴歸去免來無

惻惻吟

惻惻復惻惻逐臣返鄉國前事難重論少年不再得泥塗絳老頭斑白炎瘴靈均面黎黑六年不死却歸來道著姓名人不識

德宗皇帝挽歌詞四首

執象宗玄祖貽謀啓孝孫文高柏梁殿禮薄霸陵原宮仗辭天闕朝儀出國門生成不可報二十七年恩

又

虞帝南巡後殷宗諒闇中初辭鑄鼎地已閉望仙宮曉落當

陵月秋生滿旆風前星承帝座不使北辰空

又

業大承宗祖功成付子孫睿文詩播樂遺訓史標言節表中和
德方垂廣利恩懸知千載後理代數貞元

又

夢減三齡壽延七月期寢園愁望遠宮仗哭行遲雲日添寒慘
笳簫向晚悲因山有遺詔如葬漢文時

昭德王皇后挽歌詞

仙去逍遥境詩留窈窕章春歸金屋少夜入壽宮長鳳引曾辭
輦蠶休昔採桑陰靈何處感沙麓月無光

太平樂詞二首 已下七首在翰林時奉勅撰進

歲豐仍節儉時泰更銷兵聖念長如此何憂不泰平

又

湛露浮堯酒薰風起舜歌願同堯舜意所樂在人和

小曲新詞二首

霽色鮮宮殿秋聲脆管絃聖明千歲樂歲歲似今年

又

紅裾明月夜碧簟早秋時好向昭陽宿天涼玉漏遲

閨怨詞三首

朝憎鶯百轉夜妬鷰雙棲不慣經春別唯知到曉啼

又

珠箔籠寒月紗窗背曉燈夜來巾上淚一半是春冰

又

關山征戍遠閨閤別離難苦戰應顦顇寒衣不要寬

殘春曲 禁中口號

禁苑殘鶯三四聲景遲風慢暮春情日西無事牆陰下閑踏

花獨自行

長安春

青門柳枝軟無力東風吹作黃金色街東酒薄醉易醒滿眼春愁銷不得

長樂坡 送人賦得愁

行人南北分征路流水東西接御溝終日坡前恨離别謾名長樂是長愁

獨眠吟 二首

夜長無睡起階前寥落星河欲曙天十五年來明月夜何曾一夜不孤眠

獨眠客夜夜可憐長寂寂就中今夜最愁人涼月清風滿牀席

期不至

紅燭清樽久延佇出門入門天欲曙星稀月落竟不來煙柳朧

矓鵲飛去

長洲苑

春入長洲草又生鷓鴣飛起少人行年深不辯娃宮處夜夜蘇臺空月明

憶江柳

曾栽楊柳江南岸一別江南兩度春遥憶青青江岸上不知攀折是何人

南浦別

南浦凄凄別西風嫋嫋秋一看腸一斷好去莫迴頭

三年別

悠悠一別已三年相望相思明月天腸斷青天望明月別來三十六迴圓

傷春詞

深淺簷花千萬枝碧紗窻外囀黃鸝殘粧含淚下簾坐盡日傷春春不知

後宮詞

淚盡羅巾夢不成夜深前殿按歌聲紅顏未老恩先斷斜倚薰籠坐到明

白氏文集卷第十八

白氏文集卷第十九

律詩 五言七言自二篇至四十韻凡一百首

吟元郎中白鬚詩兼飲雪水茶因題壁上

冷詠霜毛句閑嘗雪水茶城中展眉處只是有元家

吴七郎中山人待制班中偶贈絕句

金馬東門隻日開漢庭待詔重仙才第三松樹非華表那得遼東鶴下來

和張十八秘書謝裴相公寄馬

齒齊臕足毛頭膩秘閣張郎叱撥駒洗了頷花翻假錦走時蹄汗蹋眞珠青衫乍見曾驚否紅粟難賒得飽無丞相寄來應有意遣君騎去上雲衢

荅山侶

頷下髭鬚半是絲光陰向後幾多時非無解挂簪纓意未有支持伏臘資冒熱衝寒徒自取隨行逐隊欲何爲更慙山侶頻傳語五十歸來道未遲

早朝思退居

霜嚴月苦欲明天忽憶閑居思浩然自問寒燈夜半起何如暖被昬高眠唯慙老病披朝服莫慮飢寒計俸錢隨有隨無且歸去擬

求豐足是何年

曲江亭晚望

曲江岸北憑欄干水面陰生日腳殘塵路行多綠袍故風亭立久白髭寒詩成闇著閑心記山好遥偷病眼看不被馬前提省印何人信道是郎官

初除主客郎中知制誥與王十一李七元九三舍人中書同宿話舊感懷

閑宵靜話喜還悲聚散窮通不自知已分雲泥行異路忽驚鷄鶴宿同枝紫垣曹署榮華地白鬢郎官老醜時莫怪不如君氣味此中來校十年遲

西省對花憶忠州東坡新花樹因寄題東樓

每看闕下丹青樹不忘天邊錦繡林西掖垣中今日眼南賓樓上去年心花含春意無分別物感人情有淺深最憶東坡紅爛熳

野桃山杏水林檎

寄題忠州小樓桃花

再遊巫峽知何日揔是秦人說向誰長憶小樓風月夜紅欄干上兩三枝

中書連直寒食不歸因懷元九

去歲清明日南巴古郡樓今年寒食夜西省鳳池頭併上新人直難隨舊伴遊誠知視草貴未免對花愁鬢髮莖莖白光陰寸寸流經春不同宿何異在忠州

春憶二林寺舊遊因寄朗滿晦三上人

一別東林三度春每春常似憶情親頭陀會裏爲逋客供奉班中作老臣清淨久辭香火伴塵勞難索幻泡身最慙僧社題橋處十八人名空去一人

和元少尹新授官

官穩身應泰春風信馬行縱忙無苦事雖病有心情厚祿兒
孫飽前驅道路榮花時八十直無暇賀元兄

朝迴和元少尹絕句

朝客朝迴迴望好盡紆朱紫佩金銀此時獨與君爲伴馬上青袍
唯兩人

重和元少尹

鳳閣舍人京亞尹白頭俱未著緋衫南宮起請無消息朝散何時
得入銜

中書夜直夢忠州

閣下燈前夢巴南城底遊覓花來渡口尋寺到山頭江色分明綠猿
聲依舊愁禁鐘驚睡覺唯不上東樓

醉後

酒後高歌且放狂門前閑事莫思量猶嫌小戶長先醒不得多時住

醉鄉

待漏入閤書事奉贈元九學士閤老

衙排宣政仗門啓紫宸關彩筆停書命花甎趂立班稀星點銀礫殘月墮金環闇漏猶傳水明河漸下山從東分地色向北仰天顔碧縷鑪煙直紅垂珮尾閑綸闈慙並入翰苑忝先攀笑我青袍故饒君茜綬殷詩仙歸洞裏酒病滯人間好去鴛鸞侶沖天便不還

晚春重到集賢院

官曹清切非人境風日鮮明似洞天滿砌荆花鋪紫毯隔牆榆莢撒青錢前時謫去三千里此地辭來十四年虛薄至今慙舊職殿名擡舉號爲賢

紫薇花

絲綸閣下文書靜鐘鼓樓中刻漏長獨坐黃昏誰是伴紫薇花

對紫微郎

後宮詞

雨露由來一點恩爭能遍布及千門三千宮女燕脂面幾箇春來無淚痕

卜居

遊宦京都二十春貧中無處可安貧長羨蝸牛猶有舍不如碩鼠解藏身且求容立錐頭地免似漂流木偶人但道吾廬心便足敢辭湫隘與囂塵

題新居寄元八

青龍岡北近西邊移入新居便泰然冷巷閉門無客到暖簷移榻向陽眠階庭寬窄纔容足牆壁高低粗及肩莫羨昇平元八宅自思買用幾多錢

登龍尾道南望憶廬山舊隱

龍尾道邊來一望香爐峯下去無因青山舉眼三千里白髮平
頭五十人自笑形骸紆組綬將何言語掌絲綸君恩壯健猶難報
況被年年老逼身

馮閣老處見與嚴郎中酬和詩因戲贈絶句

昨來天上宜清淨不用迴頭望故山縱有舊遊君莫憶塵心起
即墮人間

見于給事暇日上直寄南省諸郎官詩因以戲贈

倚作天仙弄地仙誇張一日抵千年黃麻勅勝長生籙白紵詞嫌
内景篇雲彩誤居青瑣地風流合在紫微天東曹漸去西垣近
鶴駕無妨更著鞭

題新昌所居

宅小人煩悶泥深馬鈍頑街東閑處住日午熱時還院窄難栽竹
牆高不見山唯應方寸内此地覓寬閑

西省北院新搆小亭種竹開窗東通騎省與李常侍隔窗小飲各題四韻

結託白鬚伴因依青竹叢最題詩新壁上過酒小窗中深院晚無日虛簷淨有風金貂醉看好迴面紫垣東

酬元郎中同制加朝散大夫書懷見贈

命服雖同黃紙上官班不共紫垣前青衫脫早差三日白髮生遲校九年曩者定交非勢利老來同病是詩篇終身擬作卧雲伴逐月須收燒藥錢吾品足爲婚嫁主緋袍著了好歸田

初著緋戲贈元九

晚遇緣才拙先衰被病牽那知垂白日始是著緋年身外名徒爾人間事偶然我朱君紫綬猶未得差肩

和韓侍郎苦雨

潤氣凝柱礎繁聲注瓦溝闇留窗不曉涼引簟先秋葉濕蠶

應病泥稀鸞鷺亦愁仍聞放朝夜誤出到街頭

連雨

風雨闇蕭蕭雞鳴暮復朝碎聲籠苦竹冷翠落芭蕉水鳥投簷宿泥蛙入戶跳仍聞蕃客見明日欲追朝

初加朝散大夫又轉上柱國

紫微今日煙霄地赤嶺前年泥土身得水魚還動鱗鬣乘軒鶴亦長精神且慙身忝官階貴未敢家嫌活計貧柱國勳成私自問有何功德及生人

行簡初授拾遺同早朝入閤因示十二韻

夜色尚蒼蒼槐陰夾路長聽鐘出長樂傳鼓到新昌宿雨沙堤潤秋風樺燭香馬驕欺地軟人健得天涼待漏排閶闔停珂擁建章爾隨黃閤老吾次紫微郎並入連稱籍齊趨對折方鬮班花接萼綽立鴈分行近職誠為美微才豈合當綸言難下筆諫

紙易盈箱老去何僥倖時來不料量唯求殺身地相誓答恩光

立秋日登樂遊園

獨行獨語曲江頭迴馬遲遲上樂遊蕭颯涼風與衰鬢誰教計會一時秋

新秋早起有懷元少尹

秋來轉覺此身衰晨起臨階盥漱時漆匣鏡明頭盡白銅瓶水冷齒先知光陰縱惜留難住官職雖榮得已遲老去相逢無別計強開笑口展愁眉

夜箏

紫袖紅絃明月中自彈自感闇低容絃凝指咽聲停處別有深情一萬重

妻初授邑號告身

弘農舊縣受新封鈿軸金泥告一通我轉官階常自愧君加邑

號有何功花㡧印了排窠濕錦幖裝來耀手紅倚得身名便
慵憧日高猶睡綠窻中

送客南遷

我說南中事君應不願聽曾經身困苦不覺語丁寧燒去處愁雲
夢波時憶洞庭春畬烟勃勃秋瘴露冥冥蚊蚋經冬活魚龍欲
雨腥水蟲能射影山鬼解藏形穴掉巴蛇尾林飄鴆鳥翎颶風千里
黑藜草四時青客似驚弦鴈舟如委浪萍誰人勸言笑何計慰
漂零慎勿琴離膝長須酒滿瓶大都從此去宜醉不宜醒

暮歸

不覺百年半何曾一日閑朝隨燭影出暮趁鼓聲還甕裏非無
酒牆頭亦有山歸來長困臥早晚得開顔

寄遠

欲忘忘未得欲去去無由兩腋不生翅二毛空滿頭坐看新落葉行

上最高樓暝色無邊際茫茫盡眼愁

舊房

遠壁秋聲蟲絡絲入簷新影月低眉牀帷半故簾旌斷仍是初寒欲夜時

錢侍郎使君以題廬山草堂詩見寄因酬之

殷勤江郡守悵望掖垣郎慙見新瓊什思歸舊草堂事隨心未得名與道相妨若不休官去人間到老忙

寄山僧 時年五十

眼看過半百早晚掃巖扉白首誰留住青山自不歸百千萬劫鄣四十九年非會擬抽身去當風抖擻衣

慈恩寺有感 時杓直初逝居敬方病

自問有何惆悵事寺門臨入却遲迴李家哭泣元家病柿葉紅時獨自來

酬嚴十八郎中見示

口厭含香握厭蘭紫微青瑣舉頭看忽驚鬢後蒼浪髮未得心中本分官夜酌滿容花色煖秋吟切骨玉聲寒承明長短君應入莫憶家江七里灘

寄王祕書

霜菊花萎日風梧葉碎時怪來秋思苦緣詠祕書詩

中書寓直

繚繞宮牆圍禁林半開閶闔曉沈沈天晴更覺南山近月出方知西掖深病對詞頭慙彩筆老看鏡面愧華簪自嫌野物將何用土木形骸麋鹿心

自問

黑花滿眼絲滿頭早衰因病病因愁宦途氣味已諳盡五十不休何日休

曲江獨行招張十八

曲江新歲後冰與水相和南岸猶殘雪東風未有波偶遊身獨自相憶意如何莫待春深去花時鞍馬多

新居早春二首

靜巷無來客深居不出門鋪沙蓋苔面掃雪擁松根漸暖宜閑步初晴愛小園覓花都未有唯覺樹枝繁

又

地潤東風暖閑行踏草牙呼童遣移竹留客伴嘗茶溜滴簷冰盡塵浮隙日斜新居未曾到鄰里是誰家

新昌新居書事四十韻因寄元郎中張博士

冒寵已三遷歸朝始二年囊裝中貯餘俸園外買閑田狐兔同三逕蒿萊共一壥新園聊划穢舊屋且扶顛簷漏移傾瓦梁欹換蠹椽平治繞臺路整頓近階甎巷狹開容駕牆低壘過肩門

閶堪駐蓋堂室可鋪筵丹鳳樓當後青龍寺在前市街塵不到
宮樹影相連省吏嫌坊遠豪家笑地偏敢勞賓客訪或望子孫
傳不覓他人愛唯將自性便等閑栽樹木隨分占風煙逸致因心
得幽期遇境牽松聲疑澗底草色勝河邊虛潤冰銷地晴和日
出天苔行滑如簟莎坐軟於緜簾每當山卷帷多待月褰籬東
花掩映窗北竹嬋娟迹慕青門隱名慙紫禁仙假歸思晚沐朝
去戀春眠拙薄才無取疎慵職不專題牆書命筆沽酒率分
錢植杵春靈藥銅瓶漱暖泉鑪香穿蓋散籠燭隔紗然陳室
何曾掃陶琴不要絃屏除俗事盡養活道情全尚有妻孥累
猶爲組綬纏終須拋爵祿漸擬斷腥羶大底宗莊叟私心事竺
乾浮榮水劃字眞諦火生蓮梵部經十二玄書字五千是非都
付夢語默不妨禪博士官猶冷郎中病已痊多同僻處住久結靜
中緣緩步攜筇杖徐吟展蜀牋老宜閑語話悶憶好詩篇蠻

榼來方瀉蒙茶到始煎無辭數相見鬢髮各蒼然

喜敏中及第偶示所懷

自知群從爲儒少豈料詞場中第頻桂折一枝先許我楊穿三葉盡驚人始予進士及第行簡次之敏中又次之轉於文墨須留意貴向煙霄早致身莫學爾兄年五十蹉跎始得掌絲綸

久不見韓侍郎戲題四韻以寄之

近來韓閣老疎我我心知戶大嫌甜酒才高笑小詩靜吟乖月夜閑醉曠花時還有愁同處春風滿鬢絲

寄白頭陀

近見頭陀伴云師老更慵性靈閑似鶴顏狀古於松山裏猶難覓人間豈易逢仍聞移住處太白最高峯

和韓侍郎題楊舍人林池見寄

渠水闇流春凍解風吹日炙不成凝鳳池冷暖君諳在二月因何更有冰

勤政樓西老柳

半朽臨風樹多情立馬人開元一株柳長慶二年春

偶題閤下廳

靜愛青苔院深宜白鬢翁貎將松共瘦心與竹俱空暖有低簷日春多颺幕風平生閑境思盡在五言中

予與故刑部李侍郎早結道友以藥術爲事與故京兆元尹晚爲詩侶有林泉之期周歲之間二君長逝李住曲江北元居昇平西追感舊遊因貽同志

從哭李來傷道氣自亡元後減詩情金丹同學都無益水竹鄰居竟不成月夜若爲遊曲水花時那忍到昇平如年七十身猶在但恐傷心無處行

送馮舍人閤老往襄陽

紫微閣底送君迴第二廳簾下不開莫戀漢南風景好峴山花

盡早歸來

莫走柳條詞送別

南陌傷心別東風滿把春莫欺楊柳弱勸酒勝於人

酬韓侍郎張博士雨後遊曲江見寄

小園新種紅櫻樹閑遶花行便當遊何必更隨鞍馬隊衝泥蹋雨曲江頭

元家花

今日元家宅櫻桃發幾枝稀稠與顏色一似去年時失却東園主春風可得知

代人贈王員外

好在王員外平生記得不共賒黃叟酒同上莫愁樓靜接殷勤語狂隨爛熳遊那知今日眼相見冷於秋

惜小園花

曉來紅萼凋零盡但見空枝四五株前日狂風昨夜雨殘芳更合得存無

蕭相公宅遇自遠禪師有感而贈

宦途堪笑不勝悲昨日榮華今日衰轉似秋蓬無定處長於春夢幾多時半頭白髮慙蕭相滿面紅塵問遠師應是世間緣未盡欲抛官去尚遲疑

草詞畢遇芍藥初開因詠小謝紅藥當堦飜詩以爲句未盡其狀偶成十六韻

罷草紫泥詔起吟紅藥詩詞頭封送後花口坼開時坐對鈎簾久行觀步履遲兩三叢爛熳十二葉參差背日房微斂當堦朵旋欹釵葶抽碧股粉蘂撲黃絲動蕩情無限低斜力不支周迴看未足比諭語難爲勾漏丹砂裏僬僥火焰旗彤雲賸根蔕絳幘欠纓緌況有晴風度仍兼宿露垂疑香薰罨

盡似淚著燕脂有意留連我無言怨思誰應愁明日落絮恨隔年期菡萏泥連蕚玫瑰刺繞枝等量無勝者唯眼與心知

喜張十八博士除水部員外郎

老何歿後吟聲絶雖有郎官不愛詩無復篇章傳道路空留風月在曹司長嗟博士官猶屈亦恐騷人道漸衰今日聞君除水部喜於身得省郎時

與沈楊二舍人閣老同食勅賜櫻桃翫物感恩因成十四韻

清曉趨丹禁紅櫻降紫宸驅禽養得熟和葉摘來新圓轉盤傾玉鮮明籠透銀內園題兩字西掖賜三臣熒惑晶華赤醍醐氣味眞如珠未穿孔似火不燒人杏俗難爲對桃頑詎可倫肉嫌盧橘厚皮笑荔枝皺瓊液酸甜足金丸大小勻偷須防曼倩惜莫擲安仁手擘纔離核匙抄半是津甘爲舌上露煖作腹中春已

懼長尸祿仍驚數食珍最慙恩未報飽餵不才身

送嚴大夫赴桂州

地壓坤方重官兼憲府雄桂林無瘴氣栢署有清風山水衙門外旌旗艛艤中大夫應絶席詩酒與誰同

春夜宿直

三月十四夜西垣東北廊碧梧葉重疊紅藥樹低昂月砌漏幽影風簾飄闇香禁中無宿客誰伴紫微郎

夏夜宿直

人少庭宇曠夜涼風露清槐花滿院氣松子落階聲寂默挑燈坐沉吟蹋月行年衰自無趣不是厭承明

七言十二句贈駕部吴郎中七兄 時早夏朝歸閉齋獨處偶題此什

四月天氣和且清綠槐陰合沙隄平獨騎善馬銜鐙穩初著單衣支體輕退朝下直少徒侶歸舍閉門無送迎風生竹夜窻閒

卧月照松時臺上行春酒冷嘗三數盞曉琴閑弄十餘聲幽懷靜境何人別唯有南宮老駕兄

玉眞張觀主下小女冠阿容

綽約小天仙生來十六年姑山半峯雪瑶水一枝蓮晚院花留立春窻月伴眠迴眸雖欲語阿母在傍邊

龍花寺主家小尼 郭代公愛姬薛氏幼嘗爲尼小名仙人子

頭青眉眼細十四女沙彌夜靜雙林怕春深一食飢步慵行道困起晚誦經遲應似仙人子花宮未嫁時

訪陳二

曉垂朱綬帶晚著白綸巾出去爲朝客歸來是野人兩飡聊過日一榻足容身此外皆閑事時時訪老陳

晚庭逐涼

送客出門後移牀下砌初趁涼行繞竹引睡臥看書老更爲官拙

慵多向事踈松窓倚藤杖人道似僧居

曲江憶李十一

李君殁後共誰遊柳岸荷亭兩度秋獨遶曲江行一匝依前還立水邊愁

江亭翫春

江亭乘曉閲衆芳春妍景麗草樹光日消石桂緑嵐氣風墜木蘭紅露將衆水蒲漸展書帶葉山榴半含琴軫房何物春風吹不變愁人依舊鬢蒼蒼

聞夜砧

誰家思婦秋擣帛月苦風淒砧杵悲八月九月正長夜千聲萬聲無了時應到天明頭盡白一聲添得一莖絲

板橋路

梁苑城西二十里一渠春水柳千條若爲此路今重過十五年前舊

板橋曾共玉顏橋上別不知消息到今朝

青門柳

青青一樹傷心色曾入幾人離恨中爲近都門多送別長條折盡減春風

梨園弟子

白頭垂淚話梨園五十年前雨露恩莫問華清今日事滿山紅葉鏁宮門

暮江吟

一道殘陽鋪水中半江瑟瑟半江紅可憐九月初三夜露似眞珠月似弓

思婦眉

春風搖蕩自東來折盡櫻桃綻盡梅唯餘思婦愁眉結無限春風吹不開

怨詞

奪寵悤那慣尋思倚殿門不知移舊愛何處作新恩

寒閨怨

寒月沈沈洞房靜眞珠簾外梧桐影秋霜欲下手先知燈底裁縫剪刀冷

秋房夜

雲露青天月漏光中庭立久却歸房水窓席冷未能卧挑盡殘燈秋夜長

採蓮曲

菱葉縈波荷颭風荷花深處小船通逢郎欲語低頭笑碧玉搔頭落水中

鄰女

娉婷十五勝天仙白日恒娥旱地蓮何處閑教鸚鵡語碧紗窓下

繡牀前

閨婦

斜凭繡牀愁不動紅銷帶緩綠鬟低遼陽春盡無消息夜合花前日又西

移牡丹栽

金錢買得牡丹栽何處辭叢別主來紅芳堪惜還堪恨百處移將百處開

聽夜箏有感

江州去日聽箏夜白髮新生不願聞如今格是頭成雪彈到天明亦任君

代謝好荅崔員外

青娥小謝娘白髮老崔郎謾愛胷前雪其如頭上霜別後曹家碑背上思量好字斷君腸

琵琶

絃清撥利語錚錚背却殘燈就月明賴是心無惆悵事不然爭奈子絃聲

和殷協律琴思

秋水蓮冠春草裙依俙風調似文君煩君玉指分明語知是琴心佯不聞

寄李蘇州兼示楊瓊

眞娘墓頭春草碧心奴鬢上秋霜白爲問蘇臺酒席中使君歌笑與誰同就中猶有楊瓊在堪上東山伴謝公

聽彈湘妃怨

玉軫朱絃瑟瑟徽吴娃徵調奏湘妃分明曲裏愁雲雨似道蕭蕭郎不歸江南新詞有云暮雨蕭蕭郎不歸

閑坐

煖擁紅爐火閑搔白髮頭百年慵裏過萬事醉中休有室同
摩詰無兒比鄧攸莫論身在日身後亦無憂

不睡

焰短寒釭盡聲長曉漏遲年衰自無睡不是守三尸

白氏文集卷第十九

白氏文集卷第二十

律詩 五言七言 凡一百首

初罷中書舍人

自慚拙宦叨清貫還有癡心怕素飡或望君臣相獻替可圖妻
子免飢寒性疎豈合承恩久命薄元知濟事難分寸寵光酬未
得不休迴擬覓何官

宿陽城驛對月 自此後詩赴杭州路中作

親故尋迴駕妻孥未出關鳳皇池上月送我過商山

商山路有感 并序

前年夏予自忠州刺史除書歸闕時刑部李十一侍郎户部崔二十員外亦自澧果二郡守徵還相次入關皆同此路今年予自中書舍人授杭州刺史又由此途出二君已逝予獨南行追歎興懷慨然成詠後來有與予杓直虞平游者見此短什能無惻惻乎儻未忘情請爲繼和長慶二年七月三十日題於内鄉縣南亭云爾

憶作徵還日三人歸路同此生都是夢前事旋成空杓直泉埋玉虞平燭過風唯殘樂天在頭白向江東

重感

停驂歇路隅重感一長吁擾擾生還死紛紛榮又枯困支青竹杖閑捋白髭鬚莫歎身衰老交遊半已無

逢張十八員外籍

旅思正茫茫相逢此道傍晚嵐林葉闇秋露草花香白髮江城守青衫水部郎客亭同宿處忽似夜歸鄉

赴杭州重宿棣華驛見楊八舊詩 感題一絕

往恨今愁應不殊題詩梁下又踟躕羨君猶夢見兄弟我到天明睡亦無

寓言題僧

劫風火起燒荒宅苦海波生蕩破船力小無因救焚溺清涼山下且安禪

內鄉村路作

日下風高野路涼緩驅疲馬闇思鄉渭村秋物應如此棗赤梨紅稻穗黃

路上寄銀匙與阿龜

謫宦心都慣辭鄉去不難緣留龜子住涕淚一闌干小子須嬌養鄒婆爲好看銀匙封寄汝憶我即加飡

山泉煎茶有懷

坐酌泠泠水看煎瑟瑟塵無由持一盌寄與愛茶人

郢州贈別王八使君

昔是詩狂客今爲酒病夫强吟翻悵望縱醉不歡娱鬢髮三分白交親一半無郢城君莫厭猶校近京都

吉祥寺見錢侍郎題名

雲雨三年別風波萬里行秋心正蕭索況見故人名

重到江州感舊遊題郡樓十一韻

掌綸知是忝剖竹信爲榮才薄官仍重恩深責尚輕昔徵從典午今出自承明鳳詔休揮翰漁歌欲濯纓還乘小艧艓却到古湓城醉客臨江待禪僧出郭迎青山滿眼在白髮半頭生又校

三年老何曾一事成重過蕭寺宿再上庾樓行雲水新秋思閒閻舊日情郡民猶認得司馬詠詩聲

贈江州李十使君員外十四韻

我本江湖上悠悠任運身朝隨賣藥客暮伴釣魚人迹為燒丹隱家緣嗜酒貧經過剡谿雪尋覓武陵春豈有疎狂性堪為侍從臣仰頭驚鳳闕下口觸龍鱗劒珮辭天上風波向海濱非賢虚偶聖無屈敢求伸昔去曾同日今來即後塵元和末余与李員外同日黜官今又相次出為刺史中年俱白鬢左宦各朱輪長短才雖異榮枯事略均殷勤李員外不合不相親

題別遺愛草堂兼呈李十使君李亦廬山常隱白鹿洞

曾住鑪峯下書堂對藥臺斬新蘿徑合依舊竹窻開砌水親開決池荷手自栽五年方暫至一宿又須迴縱未長歸得猶勝不到來君家白鹿洞聞道亦生苔

重題

泉石尚依依林踈僧亦稀何年辭水閣今夜宿雲扉謾獻長楊賦虛拋薜荔衣不能成一事贏得白頭歸

夜泊旅望

少睡多愁客中宵起望鄉沙明連浦月帆白滿船霜近海江彌闊迎秋夜更長煙波三十宿猶未到錢塘

九江北岸遇風雨

黃梅縣邊黃梅雨白頭浪裏白頭翁九江闊處不見岸五月盡時多惡風人間穩路應無限何事拋身在此中

舟中晚起

日高猶掩水窗眠枕簟清涼八月天泊處或依沽酒店宿時多伴釣魚船退身江海應無用憂國朝廷自有賢且向錢塘湖上去冷吟閑醉二三年

秋寒

雪鬢年顔老霜庭景氣秋病看妻檢藥寒遣婢梳頭身外名何有人間事且休澹然方寸内唯擬學虛舟

初到郡齋寄錢湖州李蘇州 聊取二郡一哂故有落句之戲

俱來滄海郡半作白頭翁謾道一風煙接何曾笑語同吏稀秋稅畢客散晚庭空霽後當樓月潮來滿座風雲溪殊冷僻茂苑太繁雄唯此錢塘郡閑忙恰得中

對酒自勉

五十江城守停杯一自思頭仍未盡白官亦不全卑榮寵尋過分歡娛已校遲肺傷雖怕酒心健尚誇詩夜舞吴娘袖春歌蠻子詞猶堪三五歲相伴醉花時

郡樓夜宴留客

北客勞相訪東樓爲一開褰簾待月出把火看潮來豔聽竹枝

曲香傳蓮子盃寒天殊未曉歸騎且遲迴

醉題候仙亭

蹇步垂朱綬華纓暎白鬚何因駐衰老只有且歡娛酒興還應在詩情可便無登山與臨水猶未要人扶

東院

松下軒廊竹下房暖簷晴日滿繩牀淨名居士經三卷榮啓先生琴一張老去齒衰嫌橘醋病來肺渴覺茶香有時閑酌無人伴獨自騰騰入醉鄉

虛白堂

虛白堂前衙退後更無一事到中心移牀就日簷間卧卧詠閑詩側枕琴

閑夜詠懷因招周協律劉薛二秀才

世名檢束爲朝士心性疎慵是野夫高置寒燈如客店深藏夜火

似僧爐香濃酒熟能嘗否吟詹詩成肯和無若厭雅吟須俗飲
妓筵勉力爲君鋪

曉興

極浦收殘雨高城駐落暉山明虹半出松闇鶴雙歸將吏隨衙
散文書入務稀閑吟倚新竹筠粉汙朱衣

衰病

老與病相仍華簪髮不勝行多朝散藥睡少夜停燈祿食分供鶴
朝衣減施僧性多移不得郡政謾如繩

病中對病鶴

同病病夫憐病鶴精神不損翅翎傷未堪再舉摩霄漢只合相
隨覓稻粱但作悲吟和嘹唳難將俗貌對昂藏唯應一事宜爲
伴我髮君毛俱似霜

夜歸

半醉閑行湖岸東馬鞭敲鐙轡瓏璁萬株松樹青山上十里沙堤明月中樓角漸移當路影潮頭欲過滿江風歸來未放笙歌散畫戟門開蠟燭紅

臘後歲前遇景詠意

海梅半白柳微黃凍水初融日欲長度臘都無苦霜霰迎春先有好風光郡中起晚聽衙鼓城上行慵倚女牆公事漸閑身且健使君殊未厭餘杭

白髮

雲髮隨梳落霜毛繞鬢垂加添老氣味改變舊容儀不肯長如漆無過總作絲最憎明鏡裏黒白半頭時

錢湖州以箬下酒李蘇州以五酘酒相次寄到無因同飲聊詠所懷

勞將箬下忘憂物寄與江城愛酒翁鐺脚三州何處會甕頭

一盞幾時同傾如竹葉盈樽綠飲作桃花上面紅莫恡殷勤醉相憶曾陪西省與南宮

花樓望雪命宴賦詩

連天際海白皚皚好上高樓望一迴何處更能分道路此時兼不認池臺萬重雲樹山頭翠百尺花樓江畔開素壁聯題分韻句紅爐巡飲暖寒盃冰鋪湖水銀爲面風卷汀沙玉作堆絆惹舞人春艷曳勾留醉客夜徘徊偷將虛白堂前鶴失卻樟亭驛後梅別有故情偏憶得曾經窮苦照書來

晚歲

壯歲忽已去浮榮何足論身爲百口長官是一州尊不覺白雙鬢徒言朱兩轓病難施郡政老未荅君恩歲暮別兄弟年衰無子孫惹愁諳世網治苦賴空門攀帶知腰瘦看燈覺眼昏不緣衣食繫尋合返丘園

宿竹閣

晚坐松簷下，宵眠竹閣間。清虛當服藥，幽獨抵歸山。巧未能勝拙，忙應不及閑。無勞別修道，即此是玄關。

歲暮枉衢州張使君書幷詩因以長句報之

西州彼此意何如，官職蹉跎歲欲除。浮石潭邊停五馬，望濤樓上得雙魚。萬言舊手才難敵，五字新題思有餘。貧薄詩家無好物，反投桃李報瓊琚。（張曾應萬言登科）

和薛秀才尋梅花同飲見贈

忽驚林下發寒梅，便試花前飲冷盃。白馬走迎詩客去，紅筵鋪待舞人來。歌聲怨處微微落，酒氣熏時旋旋開。若到歲寒無雨雪，猶應醉得兩三迴。

與諸客空腹飲

隔宿書招客，平明飲暖寒。麴神寅日合，酒聖卯時歡。促膝纔飛

白酡顏已渥丹碧等攢米梳紅袖拂骰盤醉後歌尤異狂來舞可難拋盃語同坐莫作老人看

小歲日對酒吟錢湖州所寄詩

獨酌無多興閑吟有所思一盃新歲酒兩句故人詩楊柳初黃日髭鬚半白時蹉跎春氣味彼此老心知

錢塘湖春行

孤山寺北賈亭西水面初平雲脚低幾處早鶯爭暖樹誰家新鷰啄春泥亂花漸欲迷人眼淺草纔能沒馬蹄最愛湖東行不足緑楊陰裏白沙隄

題靈隱寺紅辛夷花戲酬光上人

紫粉筆含尖火焰紅燕脂染小蓮花芳情香思知多少惱得山僧悔出家

重向火

火銷灰復死踈棄巳經旬豈是人情薄其如天氣春風寒忽再起
手冷重相親却就紅爐坐恐如逢故人

候仙亭同諸客醉作

謝安山下空攜妓柳惲洲邊只賦詩爭及湖亭今日會嘲花詠
水贈蛾眉

城上

城上鼕鼕鼓朝衙復晚衙爲君慵不出落盡遶城花

早行林下

披衣未冠櫛晨起入前林宿露殘花氣朝光新葉陰傍松人迹
少隔竹鳥聲深閑倚小橋立傾頭時一吟

送李校書趁寒食歸義興山居

大見騰騰詩酒客不憂生計似君稀到舍將何作寒食滿船唯載
樹栽歸

題孤山寺山石榴花示諸僧衆

山榴花似結紅巾容艷新妍占斷春色相故關行道地香塵擬觸坐禪人瞿曇弟子君知否恐是天魔女化身

獨行

闇誦黃庭經在口閑攜青竹杖隨身晚花新筍堪爲伴獨入林行不要人

二月五日花下作

二月五日花如雪五十二人頭似霜聞有酒時須笑樂不關身事莫思量羲和趁日沉西海鬼伯驅人葬北邙且有且來花下醉從人笑道老顛狂

戲題木蘭花

紫房日照燕脂坼素艷風吹膩粉開怪得獨饒脂粉態木蘭曾作女郎來

清明日觀妓舞聽客詩

看舞顔如玉聽詩韻似金綺羅從許笑絃管不妨吟可惜春風老無嫌酒盞深辭花送寒食併在此時心

西湖晚歸迴望孤山寺贈諸客

柳湖松島蓮花寺晚動歸橈出道場盧橘子低山雨重栟櫚葉戰水風涼煙波澹蕩搖空碧樓殿參差倚夕陽到岸請君迴首望蓬萊宮在海中央

湖中自照

重重照影看容鬢不見朱顔見白絲失却少年無覓處泥他湖水欲何爲

贈蘇鍊師

兩鬢蒼然心浩然松窻深處藥爐前攜將道士通宵語忘却花時盡日眠明鏡懶開長在匣素琴欲弄半無絃猶嫌莊子多詞句

只讀逍遥之六七篇

杭州春望

望海樓明照曙霞（城東樓名望海樓）護江隄白蹋晴沙濤聲夜入伍員廟柳色春藏蘇小家紅袖織綾誇柹蔕（杭州出柹蔕花者尤佳也）青旗沽酒趁梨花（其俗釀酒趁梨花時熟號爲梨花春）誰開湖寺西南路草綠裙腰一道斜（孤山寺路在湖洲中草綠時望如裙腰）

飲散夜歸贈諸客

鞍馬夜紛紛香街起閽塵迴鞭招飲妓分火送歸人風月應堪惜杯觴莫厭頻明朝三月盡忍不送殘春

湖亭晩歸

盡日湖亭卧心閑事亦稀起因殘醉醒坐待晩涼歸松雨飄藤帽江風透葛衣柳隄行不厭沙軟絮霏霏

東樓南望八韻

不厭東南望江樓對海門風濤生有信天水合無痕鷁帶雲帆

動鷗和雪浪飜魚鹽聚爲市煙火起成村日脚金波碎峯頭鈿點繁送秋千里鴈報瞑一聲猿已豁煩襟悶仍開病眼昏郡中登眺處無勝此東軒

醉中詶殷協律

泗水城邊一分散浙江樓上重遊陪揮鞭二十年前別命駕三千里外來醉袖放狂相向舞愁眉和笑一時開留君夜住非無分且盡青娥紅燭臺

孤山寺遇雨

拂波雲色重灑葉雨聲繁水鷺雙飛起風荷一向飜空濛連北岸蕭颯入東軒或擬湖中宿留船在寺門

樟亭雙櫻樹

南館西軒兩樹櫻春條長足夏陰成素華朱實今雖盡碧葉風來別有情

湖上夜飲

郭外迎人月湖邊醒酒風誰留使君飲紅燭在舟中

贈沙鷗

老逼教垂白官科遣著緋形骸雖有累方寸却無機遇酒多先醉逢山愛晚歸沙鷗不知我猶避隼旟飛

餘杭形勝

餘杭形勝四方無州傍青山縣枕湖遶郭荷花三十里拂城松樹一千株夢兒亭古傳名謝教娃樓新道姓蘇州西靈隱山上有夢謝亭即是杜明浦夢謝靈運之所因名客兒也蘇小小本錢塘妓人也獨有使君年太老風光不稱白髭鬚

江樓夕望招客

海天東望夕茫茫山勢川形闊復長燈火萬家城四畔星河一道水中央風吹古木晴天雨月照平沙夏夜霜能就江樓銷暑否比君茅舍校清涼

新秋病起

一葉落梧桐年光半又空秋多上階日涼足入懷風病瘦形如鶴愁憔鬢似蓬損心詩思裏伐性酒狂中華蓋何曾惜金丹不致功猶須自慙愧得作白頭翁

木芙蓉花下招客飲

晚涼思飲兩三杯召得江頭酒客來莫怕秋無伴醉物水蓮花盡木蓮開

悲歌

白頭新洗鏡新磨老逼身來不奈何耳裏頻聞故人死眼前唯覺少年多塞鴻遇暖猶迴翅江水因潮亦反波獨有衰顏留不得醉來無計但悲歌

江樓晚眺景物鮮奇吟翫成篇寄水部張員外

澹煙疎雨閒斜陽江色鮮明海氣涼蜃散雲收破樓閣虹殘水

照斷橋梁風飜白浪花一片鴈點青天字一行好著丹青圖寫

取題詩寄與水曹郎

夜招周協律兼答所贈

滿眼雖多客開眉復向誰少年非我伴秋夜與君期落魄俱耽酒殷勤共愛詩相憐別有意彼此老無兒

重訓周判官

秋愛冷吟春愛醉詩家眷屬酒家仙若教早被浮名繫可得閑遊三十年

飲後夜醒

黃昏飲散歸來卧夜半人扶强起行枕上酒容和睡醒樓前海月伴潮生將歸梁鷰還重宿欲滅窻燈復却明直至曉來猶妄想耳中如有管絃聲

代賣薪女贈諸妓

亂蓬爲鬢布爲巾曉踏寒山自負薪一種錢塘江畔女著紅騎馬是何人

奉和李大夫題新詩二首各六韻

因巖亭 一作固巖

箕潁人窮獨蓬壺路阻難何如兼吏隱復得事躋攀巖樹羅階下江雲貯棟間似移天目石疑入武丘山清景徒堪賞皇恩肯放閑遥知興未足即被詔徵還

忘筌亭

翠巘公門對朱軒野逕連只開新戶牖不改舊風煙空室閑生白高情澹入玄酒容同座勸詩借屬城傳自笑滄江畔遥思絳帳前庭臺隨事有爭敢比忘筌

予以長慶二年冬十月到杭州明年秋九月始與范陽盧賈汝南周元範蘭陵蕭悅清河崔求東萊

劉方輿同遊恩德寺之泉洞竹石籍甚久矣及茲目擊果愜心期因自嗟云到郡周歲方來入寺半日復去俯視朱綬仰睇白雲有愧於心遂留絕句

雲水埋藏恩德洞簪裾束縛使君身暫來不宿歸州去應被山呼作俗人

早冬

十月江南天氣好可憐冬景似春華霜輕未殺萋萋草日暖初乾漠漠沙老柘葉黃如嫩樹寒櫻枝白是狂花此時卻羨閑人醉五馬無由入酒家

歲假內命酒贈周判官蕭協律

共知欲老流年急且喜新正假日頻聞健此時相勸醉偷閑何處共尋春脚隨周叟行猶疾頭比蕭翁白未勻歲酒先拈辭不得被君推作少年人

與諸客攜酒尋去年梅花有感

馬上同攜今日盃湖邊共覓去春梅年年只是人空老處處何曾
花不開詩思又牽吟詠發酒酣閑喚管絃來樽前百事皆依舊
點檢唯無薛秀才（去年與薛景文同賞今年長逝）

送李協律赴湖南辟命因寄沈八中丞

富陽山底樟亭畔立馬停舟飛酒盃曾共中丞情繾綣暫留協
律語蹤蹰紫微星北承恩去青草湖南稱意無不羡君官羡君幕
幕中收得阮元瑜

內道場永讙上人就郡見訪善說維摩經臨別請詩
因以此贈

五夏登壇內殿師水爲心地玉爲儀正傳金粟如來偈何用錢塘太
守詩苦海出來應有路靈山別後可無期他生莫忘今朝會虛
白亭中法樂時

見李蘇州示男阿武詩自感成詠

遙羨青雲裏祥鸞正引鵷自憐滄海畔老蚌不生珠

正月十五日夜月

歲熟人心樂朝遊復夜遊春風來海上明月在江頭燈火家家市笙歌處處樓無妨思帝里不合厭杭州

題州北路傍老柳樹

皮枯緣受風霜久條短爲經攀折頻但見半衰當此路不知初種是何人雪花零碎逐年減煙葉稀疎隨分新莫道老株芳意少逢春猶勝不逢春

題清頭陀

頭陀獨宿寺西峯百尺禪菴半夜鐘煙月蒼蒼風瑟瑟更無雜樹對山松

自歎二首

形羸自覺朝飡減睡少偏知夜漏長實事漸消虛事在銀魚

金帶遶腰光

三毛曉落梳頭懶兩眼春昏點藥頻唯有閑行猶得在心情未到不如人

湖上醉中代諸妓寄嚴郎中

笙歌杯酒正歡娛忽憶仙郎望帝都借問連宵直南省何如盡日醉西湖蛾眉別久心知否雞舌含多口厭無還有些些惆悵事春來山路見蘼蕪

自詠

悶發每吟詩引興興來兼著酒開顏欲逢假日先招客正對衙時亦望山句檢簿書多鹵莽隄防官吏少機關誰能頭白勞心力人道無才也是閑

晚興

草淺馬翩翩新晴薄暮天柳條春拂面衫袖醉垂鞭立語花隄

上行吟水寺前等閑消一日不覺過三年

早興

晨光出照屋梁明初打開門鼓一聲犬上階眠知地濕鳥臨窗忽語報天晴半銷宿酒頭仍重新脫冬衣體乍輕睡覺心空思想盡近來鄉夢不多成

竹樓宿

小書樓下千竿竹深火爐前一盞燈此處與誰相伴宿燒丹道士坐禪僧

湖上招客送春汎舟

欲送殘春招酒伴客中誰最有風情兩瓶箬下新開得一曲霓裳初教成（時崔湖州寄新箬下酒來樂妓按霓裳羽衣曲初畢）排比管絃行翠袖指麾舴艋點紅旌慢牽好向湖心去恰似菱花鏡上行

戲醉客

莫言魯國書生懦莫把杭州刺史欺醉客請君開眼望綠楊風下有紅旗

紫陽花 招賢寺有山花一樹無人知名色紫氣香芳麗可愛頗類仙物因以紫陽花名之

何年植向仙壇上早晚移栽到梵家雖在人間人不識與君名作紫陽花

白氏文集卷第二十